LOREDANA MEDURI & ALESSANDRO SPANU

ANNAS REISE ZU SICH SELBST

Der Weg zu mehr Liebe,
Mut und Anerkennung

IMPRESSUM

Deutschsprachige Erstausgabe Februar 2024

Herstellung und Verlag: 1. Auflage BE MORE VERLAG
Covergestaltung: Zitronenzart Design

Taschenbuch ISBN: 978-3-982-57271-0
Hardcover ISBN: 978-3-982-57272-7
ebook ISBN: 978-3-982-57273-4

EIN PAAR WORTE ÜBER GESCHENKE

Wer hätte gedacht, dass ein Gutschein ein Leben verändern kann? Dass aus einem Kochkurs plötzlich eine Reise wird, die weitere Kreise zieht?
Wenn ich zurückschaue, kommt es mir vor, als hätte ich einen Schatz gefunden, der mein ganzes Leben lang darauf gewartet hat, endlich geborgen zu werden. Jeder von uns trägt diese Schätze in sich. Auf wundervolle Weise warten Millionen von Möglichkeiten täglich darauf, wie wir dieses Leben erfahren.
Wo wäre ich heute, wenn ich mich nicht auf die Reise nach Sizilien begeben hätte? Wenn ich diesen Gutschein für einen Kochkurs nicht eingelöst hätte, sondern ihn, wie so oft, einfach nur in eine Schublade gesteckt und ihn erst wieder entdeckt hätte, wenn er längst abgelaufen wäre?
Wo stünde jeder von uns, wenn wir die kleinen und größeren Wunder, Zufälle, Begegnungen, Gespräche, Hinweise … in unserem Alltag nicht als das nehmen würden, was sie sind: Geschenke des Lebens. Einladungen, etwas auszuprobieren, mal einen anderen, verwegenen Gedanken zu denken, Altes hinter uns zu lassen, Neues zu entdecken. Ich wünsche dir und allen Menschen auf der Welt, dass wir uns trauen, die verborgenen Schätze zu heben.
Am Ende steht die größte Belohnung, die wir vielleicht als Mensch erfahren dürfen: Uns selbst und auch alle anderen in all unseren Facetten, Farben und unserer wahren Größe erlebt zu haben.

VORWORT

Wenn man in der alltäglichen Unzufriedenheit unverhofft einen Schatz entdeckt.

———— »Ein Kochkurs? Ich kann doch schon kochen«, hatte ich mit gespielter Entrüstung zu meinem Mann Andreas gesagt, als er mir den Gutschein des Restaurants – Alte Post – überreichte. Das in der Stadt sehr bekannte und immer gut gebuchte Lokal war unser Lieblingsort, wenn wir zu zweit oder mit Freunden einen schönen Abend verbringen wollten. Das Restaurant lag in einem denkmalgeschützten Fachwerkhaus. Wir hatten schon mehrmals darüber gesprochen, dass das Restaurant neben der vorzüglichen Speisekarte auch zweimal im Jahr einen Themenkochkurs anbot. Jedes Mal wenn ich Christian, den Inhaber des Restaurants, um ein Rezept bat, machte er mir klar, dass ich nur über seinen Kochkurs an das Rezept kommen würde.
Christian war immer elegant angezogen, sehr charmant und, außer beim Herausgeben von Rezepten, großzügig. An seinem Auftreten und natürlich an seinen Gerichten merkte man sofort, dass Qualität für ihn das oberste Gebot war. Die Kochkurse mussten seine Leidenschaft sein, denn als Controllerin war mir sofort klar, dass diese nicht wirtschaftlich sein konnten. Dafür war seine Küche viel zu klein.

»Du kochst wundervoll, mein Schatz«, beruhigte mich mein Mann. Liebevoll nahm er mein Gesicht in seine Hände und küsste mich.
»Ich wollte einfach, dass du auch etwas Schönes für dich hast. Mein letzter Urlaub hat mir gezeigt, wie wertvoll unser Leben ist und wie wichtig es ist, auch außerhalb unseres Jobs etwas nur für uns zu tun.« Andreas war für eine Woche verreist gewesen. Er machte diese Auszeiten, im Gegensatz zu mir, zweimal pro Jahr. Beim letzten Mal war er besonders fröhlich und inspiriert zurückgekommen.
Mein Mann sah mich ernst an. »Du hast in den letzten Monaten schon wieder so viele Überstunden angehäuft, dass du dir bestimmt zwei Wochen freinehmen könntest.« Ich nickte. Er hatte recht. »Und«, fügte er lächelnd hinzu, »du hast selbst mal gesagt, dass du dich an bestimmte Gerichte nicht richtig rantraust. Da dachte ich, ein ganzes Menü unter Anleitung eines Profis könnte etwas für dich sein.« Auch das stimmte.
Ich war ihm dankbar, dass er sich daran erinnerte. Kochen war tatsächlich meine Leidenschaft. Leider blieb neben meinem Beruf nur selten die Zeit, ausgefallene Dinge zu probieren. Und manchmal waren wir beide abends nach langen Tagen im Büro so kaputt, dass wir nur etwas Schnelles in unserer Küche zubereiteten oder den Lieferdienst anriefen. – Mediterra-

ne Küche – stand für den kommenden Samstag auf dem Programm. Fantastisch. Ich liebe die mediterrane Küche. Wer sie beherrscht, findet immer etwas Leckeres für jeden Anlass. Die Speisenfolge, die dem Gutschein beilag, klang verlockend: Zur Vorspeise würden wir einen Fenchel-Orangen-Salat mit Anchovis zubereiten sowie Gemüsebällchen der Saison und Crostini mit verschiedenen Pâtés. Zum Hauptgang gab es Timballo alla Palermitana, Pastatörtchen aus dem Ofen. Und das war erst der Vorgeschmack. Denn der Hauptgang bestand aus einem Falso Magro alla Catanese, einem gefüllten Rinderrollbraten, serviert mit Ofenkartoffeln und einer Caponata. Dieses süßsaure Gemüsegericht liebte ich. Es wurde mit Auberginen, Tomaten, Zwiebeln, Knoblauch und Staudensellerie zubereitet und kalt oder lauwarm serviert. Und natürlich, als wären es der Kalorien und Genüsse nicht längst genug, gab es zwei Varianten von Nachspeisen: Eine Käseplatte aus Pecorino, Ricotta und Cacciola, eine Sorte, von der ich noch nie gehört hatte. Für die, die es eher süß mochten, würden wir Cannoli herstellen, frittierte Teigröllchen mit einer Füllung aus Ricotta, Vanille und Schokoladenstückchen. Ich musste schmunzeln.
»Allein vom Lesen habe ich das Gefühl, fünf Kilo zuzunehmen!« Andreas grinste. »Hoffentlich gibt es Reste. Gegen ein Scheibchen Rinderbraten und ein

winziges Cannolo hätte ich nichts einzuwenden.« Ich lachte. »Mal sehen, was ich tun kann.« Schon jetzt verspürte ich ein vorfreudiges Bauchkribbeln. Und: Der Kochkurs schlug gleich zwei Fliegen mit einer Klappe. Denn wenn die Gerichte alle klappten und in der Durchführung nicht zu kompliziert waren, wäre ich allzeit gerüstet und müsste nicht immer Angst haben, nicht gut genug gekocht zu haben, wenn uns Freunde besuchten. Mein Herz klopfte schneller bei dem Gedanken an den Kurs und ich hatte große Lust, mich direkt ans Werk zu machen. Doch zunächst standen mir noch zwei Tage Herausforderungen im Büro bevor.

Am Samstagmorgen stand ich zusammen mit acht anderen Kochbegeisterten in der Küche des Restaurants. Wir alle trugen schwarze Stoffschürzen, die mit dem Logo des Restaurants bestickt waren. Laura, die sich uns als Küchenchefin und Kursleiterin vorstellte, war eine herzliche Frau Mitte 30 und damit nur wenige Jahre jünger als ich. Ihr dunkles, glattes Haar hatte sie zu einem Pferdeschwanz nach oben gebunden. Sie hatte klare Gesichtszüge und mir fiel sofort auf, dass sie kein Wort zu viel benutzte. Was sie zu uns sagte, war freundlich, aber bestimmt. Bestimmtheit war in der Küche eines Restaurants wahrscheinlich das A und O. Laura sprach akzentfrei Deutsch mit einer kleinen Färbung der Region. Ich nahm an, dass sie in Deutschland geboren war. Die Küche, in der wir standen, war nicht sehr groß. Dennoch gab es ausreichend freie Fläche zum Arbeiten: ein langer Edelstahltisch, an den sich ein Herd mit vielen Kochfeldern anschloss, bildete die Mitte des Raumes. Weitere Arbeitsflächen gab es ringsum an den Wänden. Rechts von uns an einer Wand reihten sich zwei mannshohe Backöfen aneinander. In einem Block steckten hochwertigste Messer, an den Wänden und in Schubladen befanden sich weitere Küchengeräte ... Alles strahlte vor Sauberkeit. Alles hatte Struktur. So mochte ich es auch in meinem Büro. Nur dass bei mir keine Messer, sondern Zahlen ihre Ordnung haben mussten. Ich war als Controllerin in einem großen Automobilkonzern tätig.

Ich unterdrückte ein Gähnen und hoffte, dass es niemand gesehen hatte. Bis weit nach Mitternacht hatte ich an einer Präsentation für den Vorstand gesessen. Wichtige Zahlen aus zwei Abteilungen waren erst auf den letzten Drücker hereingekommen, wie so oft. Ich hatte mich geärgert. Bis ich alles noch einmal geprüft und an meinen Vorgesetzten schicken konnte, waren mir die Zahlen vor den Augen verschwommen. Warum kapierten es meine Kollegen nach den endlosen Diskussionen, die wir darüber schon geführt hatten, nicht, dass auch ich noch genügend Zeit brauchte – und das nicht mitten in der Nacht?

Ich war gestern Abend drauf und dran gewesen, den Kochkurs wieder abzusagen, doch Andreas hatte mich davon abgehalten und beruhigt.
»Es wird alles noch zur rechten Zeit fertig«, hatte er mit seiner sanften Stimme gesagt. Und so war es auch. Doch ein paar Stunden mehr Schlaf, um all die vielen Neuigkeiten von heute aufzunehmen, hätten mir gutgetan. Es hätte mir auch leid für Andreas getan, weil ich wusste, dass es nur eine beschränkte Anzahl an Plätzen für diese Kurse gab, die nicht leicht zu ergattern waren. Sie waren immer Monate im Voraus ausgebucht.
»Anna?«, hörte ich Lauras Stimme neben mir. Die Küchenchefin lächelte mich an.
»An welchem Gericht möchtest du arbeiten?« Erst jetzt fiel mir auf, dass sich die anderen Kursteilnehmer schon an den verschiedenen Arbeitsstationen postiert hatten. Ich war, wie oft in letzter Zeit, innerlich abgeschweift. Der Braten interessierte mich sehr, doch dieser Bereich war schon von Leuten besetzt. Auf Laura musste ich unentschlossen gewirkt haben, denn sie führte mich zu einem Tisch.
»Hier wird die Pasta für die Törtchen gemacht. Gut?« Ich nickte und stellte mich freundlich vor. Innerlich ärgerte ich mich über mich selbst. Warum hatte ich mich von meinen eigenen Gedanken ablenken lassen? Es war nicht das erste Mal, dass ich eine Aufgabe be-

kam, die noch übrig blieb, weil sich die anderen schon die – Sahneschnittchen – gekrallt hatten. Das konnte Laura natürlich nicht wissen, sie hatte es nur gut gemeint. Doch meine Verstimmung hielt noch eine Weile an. Und dann ging es los. An jeder Station gab es Tablets, auf denen die Zutatenlisten und die genauen Anleitungen standen. Zumindest mein Nudelrezept las sich einfach. Am Tisch neben mir schnippelte eine Dame Fenchel und Orangen in feine Scheiben. Die Stimmung war allgemein gut und alle waren motiviert. Mir fiel auf, dass ich außer den Namen über die anderen Menschen im Raum nichts wusste. Das war ungewohnt und gleichzeitig angenehm. Sonst kam das Thema schnell auf den Beruf und die eigene Position und den damit verbundenen Stress.

Hier war man einfach Anna, Manuela, Britta, Thomas, Herbert ... Ich sprach nicht viel mit den anderen, sondern genoss es, einfach vor mich hinzuarbeiten. Das Rezept war selbsterklärend. Wie leicht auch neue Dinge fallen, wenn man eine Anleitung hat, dachte ich. Warum macht man es sich immer so schwer? Heutzutage gibt es doch auf YouTube und Co. mittlerweile für jedes Thema umfangreichste Hilfestellungen.

»Das Olivenöl ist ein sehr besonderes«, hörte ich Laura neben mir sagen. Sie nahm eine schlanke grüne Glasflasche in die Hand, die die ganze Zeit vor mir gestanden hatte.

»Drei Tropfen genügen. Der Teig wird geschmeidig und erhält eine feine Note. Koste es mal von einem Löffel!« Ich zögerte. Ich hatte noch nie Olivenöl einfach von einem Löffel probiert. Doch Laura nickte mir ermutigend zu. Also nahm ich einen kleinen Löffel und gab wenige Tropfen darauf. Es schmeckte himmlisch! In meinem Mund explodierte eine Komposition aus Sonne, Herbheit, Süße und etwas, das ich nicht beschreiben konnte. »Mein Vater hat dieses Öl schon vor einigen Jahren in der Nähe von Catania entdeckt.« Sie drehte die Flasche leicht in meiner Hand und zeigte mir das Etikett. »Es stammt von einem Agriturismo. Man kann dort sehr gut essen und auch übernachten. Wenn du mal nach Sizilien kommst, musst du unbedingt dorthin fahren.« Auf der Rückseite war das Foto einer Frau Mitte 50 mit dunklen Locken zu sehen. Ihrer sonnengebräunten Haut war anzusehen, dass sie viel an der frischen Luft arbeitete. Sie wirkte schön und selbstbewusst wie eine Schauspielerin. Kannte ich sie von irgendwoher? Nein, ausgeschlossen. Etwas an ihrem Blick zog mich an und ließ mich nicht wieder los. In einer kurzen Pause googelte ich den Agriturismo. Die Website war schlicht und doch einladend gestaltet.

»Die Olivenernte ist ein Erlebnis, das jeder einmal erlebt haben sollte.« Das glaubte ich sofort. Ich hatte

mal eine Fernsehreportage über die Olivenernte gesehen und war sofort fasziniert gewesen von der Schönheit und Magie der jahrhundertealten Bäume mit ihren verschlungenen Wurzeln und silbrigen Blättern. Sie wirkten märchenhaft, wie Botschafter aus einer längst vergangenen Zeit ... Von einer Freundin wusste ich, dass der Olive auch gewisse Heilkräfte zugeschrieben wurden. Voller Begeisterung tauchte ich in die Geschichte des Betriebs und der Familie ein, die schon seit vielen Generationen dort arbeitete und lebte. Gerade in diesen Tagen war wieder Erntezeit ...
Die kurze Pause war vorbei. Wir alle gingen wieder in die Küche und an unsere Plätze zurück. Meine Gedanken waren immer noch bei Sofia und den Oliven. Ich spürte, dass ich es nicht bei den Gedanken belassen konnte. Damals hatte ich überhaupt keine Ahnung, wohin mich diese Gedanken führen würden.

1 KAPITEL

MUT WIRD BELOHNT

Wer die Früchte erntet, kann ihre Fülle kosten. Gelegenheiten sind da um sie zu greifen.

———— Andreas war überrascht gewesen. Er kannte es nicht von mir, dass ich so spontan war. Das lag nicht etwa daran, dass ich nicht gerne etwas unternahm oder verreiste. Ich liebte es zu reisen und hatte mir einfach seit Jahren nicht mehr richtig Zeit dafür genommen. Meine Wochen waren oft lange im Voraus verplant, die Zeit effektiv strukturiert.

Ich hatte Seminare zum Zeit- und Selbstmanagement besucht und war dadurch immer besser geworden, aus jedem Tag das Maximum herauszuholen. Mein Beruf forderte so viel von mir, dass ich das Gefühl hatte, ohne eine gewisse Ordnung und Vorausschau nicht durch meine Aufgaben zu kommen. Vieles war nicht mit einer E-Mail oder einem kurzen Telefonat getan, sondern verlangte stundenlanges Brüten, Prüfen, Überarbeiten. Und jetzt saß ich hier, in einem Flugzeug nach Catania. Schon in wenigen Minuten würden wir landen.

Wenn Laura wüsste, wozu mich ihr Olivenöl inspiriert hatte. Ich schmunzelte bei dem Gedanken. Gleichzeitig war ich ein wenig nervös. Würde das Wochenende so werden, wie ich es mir vorstellte?

Am Flughafen in Deutschland hatte ich mich ziemlich über mich selbst geärgert. 8 Kilogramm Gewicht

waren bei dieser Fluglinie erlaubt und mein Koffer hatte 10,5 Kilogramm gewogen. Dass mir das passieren konnte. Als Frau der Zahlen achtete ich sonst immer auf derartige Details und las die Bestimmungen sehr genau. Die 50 Euro, die sie haben wollten, hätte ich lieber in leckere Speisen und italienischen Wein gesteckt.
Die junge Frau am Schalter meinte, dass sie leider nichts machen könne. Ob ich die Mietwagenfirma gut finden würde? Andreas und ich hatten einen hübschen, cremefarbenen Fiat Cinquecento für mich ausgesucht.
»Genau das Richtige für die engen Gassen in Sizilien«, hatte er gesagt.
»Catania begrüßt uns mit einem wolkenfreien Himmel und angenehmen 18 Grad …« Die Stimme des Flugkapitäns brachte mich ins Hier und Jetzt zurück. Ich sah über das Ehepaar neben mir hinweg durch das Fenster. Gelbbraune, hügelige Landschaft wurde sichtbar, dazwischen große Felder, die dunkelgrün waren. Olivenhaine? Ich hatte eigentlich während des Flugs in dem Reiseführer blättern wollen, den ich mir extra auf mein Tablet geladen hatte. Doch ich war so müde gewesen, dass ich das Gerät nicht einmal eingeschalten hatte.
»Warum verreist du nur so kurz? Gönn dir doch eine ganze Woche«, hatte Andreas vorgeschlagen. »So könntest du noch einen Ausflug zum Ätna ma-

chen, nach Taormina fahren. Und ein paar Tage am Meer würden dir auch guttun, um mal wieder richtig runterzukommen.« Ich hatte ihm widersprochen. Natürlich wäre eine ganze Woche wunderbar. Doch das war unmöglich. Was würde mein Chef dazu sagen? Kommende Woche fingen direkt die nächsten Projekte an. Für Mittwoch stand ein Ganztagsmeeting im Kalender, bei dem ich nicht fehlen durfte. Es ging um die Messbarkeit von Sponsorships. Seit Jahren gaben wir unglaubliche Summen für Online- und Offline-Werbung aus. Nun war endlich jemand auf die Idee gekommen bzw. hatte meine Idee, die ich schon vor Jahren (!) geäußert hatte, endlich aufgegriffen und in die große Runde gebracht. Sponsorships würden in Zukunft messbar gemacht werden, um die tatsächlichen Umsätze messen zu können, die sich aus Werbeanzeigen, Bannern und Video-Spots erzielen ließen. Doch dieses Projekt war auch kostspielig. Ich war selbst neugierig, welche Lösung wir finden könnten, die zahlenmäßig vereinbar war. Solche Dinge machten mir Spaß – auch wenn es mich wurmte, dass der Kollege, dem ich schon vor zwei Jahren von dieser Möglichkeit erzählt hatte, jetzt so tat, als hätte er es erfunden.

Ich schob die dunkle Gedankenwolke beiseite. Jetzt war Wochenende! Ich war schon ewig nicht mehr alleine im Ausland gewesen. Ohne Mann, ohne Freundinnen, ohne Arbeitskollegen. Das letzte Mal im

Studium? Ich wünschte, Andreas wäre dabei, doch an diesem Wochenende fand die Fahrradtour mit seinen Freunden statt. Dieser Termin stand fest und war für alle verpflichtend, dieses Versprechen hatten sie sich gegenseitig gegeben. Ehrlich gesagt, war ich manchmal neidisch auf diese solide Freundschaft. Sonnige, warme Luft streichelte mein Gesicht, als die anderen Passagiere und ich das Flugzeug verließen und auf das Flughafengebäude zuliefen. Der Flughafen war nicht stark besucht. Es musste damit zusammenhängen, dass es gerade Nebensaison war.

Ich atmete auf. Was für eine Wohltat! Zuhause war es heute Morgen auf dem Weg zum Büro neblig und frisch gewesen. Der November streckte unaufhaltsam seine Fühler aus. Die Autovermietung fand ich überraschend leicht. Die beiden jungen Angestellten waren sehr hilfsbereit und charmant. Als wenn die jungen Männer hier schon von Kind an zu Gentlemen erzogen wurden, dachte ich.

Glücklich und auch ein wenig stolz saß ich kurze Zeit später in meinem Wagen, der mich übers Wochenende begleiten sollte. Er war nicht sehr geräumig und hatte hier und da ein paar Kratzer, doch das machte nichts. Ellenlange Ausflüge würde ich aus Zeitgründen eh nicht unternehmen, und für eine Spritztour ans Meer und durch die umliegende Gegend reichte dieses Modell allemal. Ich gähnte und merkte, wie müde ich war. Der Flug hatte nur zwei Stunden ge-

dauert, doch die Anspannung der Wochen, die hinter mir lagen, steckte mir in den Knochen. Ich war froh, nur noch etwa 30 Kilometer fahren zu müssen. Dann war ich schon am Ziel, dem Agriturismo und dem Olivenbetrieb von Sofia. Der einmalige Geschmack dieses Öls, dazu die tollen Impressionen auf der Webseite mit den Erläuterungen über die Olivenernte ... All das hatte mich »geflasht«, wie meine zwölfjährige Nichte sagen würde. Ich grinste über den Ausdruck. Ich zog meinen Pullover aus, der hier deutlich zu warm war. Darunter trug ich eine Bluse und Jeans. Dann startete ich den Wagen, ließ die Seitenscheibe herunter und drückte auf der Navigationsapp auf meinem Handy auf »Route starten«.
Nachdem ich die Stadt und ihre Industriegebiete hinter mir gelassen hatte, erkannte ich endlich die Farben der Landschaft wieder, die ich schon aus dem Flieger erspäht hatte. Das Grün waren tatsächlich Olivenhaine! Außerdem gab es große Weinberge, die sich wie die Olivenhaine über weite Strecken und die Hänge hinauf erstreckten. Hier und da sah ich unberührte Flächen, die nicht bewirtschaftet schienen. Der pinkfarbene Oleander, der auf dem Mittelstreifen blühte, verlieh der der Autobahn etwas Romantisches.
Nach einer guten Viertelstunde sah ich bereits das Abfahrtsschild und bemerkte ein vorfreudiges Kribbeln in der Bauchgegend. In großen Kurven ging es durch drei kleine Orte bergauf. Die Musik im Radio

spielte fröhliche Musik.
Am Ende des dritten Ortes tauchte ein Schild auf: Casale dell'Oro. Ein Pfeil zeigte nach links. Der goldene Gutshof, so hieß der Agriturismo von Sofia, der schon auf eine Geschichte von 150 Jahren zurückblicken konnte. Der schmale Weg, der mitten durch einen Olivenhain führte, bestand aus Schotter und Erde und war nur so breit, dass ein Auto hindurchpasste. Ich fuhr langsam, um dem Wagen nicht noch weitere Kratzer oder Steinschläge von unten hinzuzufügen. Wie magisch die Bäume wirkten! Am liebsten hätte ich kurz angehalten, um einen von ihnen an Rinde und Blättern zu berühren. Doch um die schmale Straße schnell hinter mir zu lassen, bevor mir jemand entgegenkam, fuhr ich weiter. Außerdem hatte ich Hunger. Laut der Beschreibung im Internet war die Küche bis 22 Uhr geöffnet. Der Schotterweg mündete in eine mit Steinplatten ausgelegten Einfahrt. Ein Hinweisschild zeigte zum Parkplatz, auf dem bereits ein paar Autos standen. In der oberen Etage des zweistöckigen Gebäudes vermutete ich die Gästezimmer.
Zu meiner großen Freude schloss sich zur Linken an das Grundstück gleich ein großer Olivenhain an. Ich parkte den Wagen, holte den Koffer aus dem Kofferraum und betrat das Haus.
»Willkommen«, begrüßte mich die gut aussehende Dame mit grauen Locken und warmen, braunen

Augen am Eingang. Sie mochte Anfang 70 sein, vielleicht auch schon älter. Wie gepflegt sie wirkte. Sie trug eine schicke lila Bluse und eine schmale goldene Halskette mit einem herzförmigen Anhänger. Ihre Fingernägel waren sehr gepflegt und in einem hellen Fliederton lackiert. »Herzlich willkommen bei uns. Sie müssen Anna sein, richtig?«, fragte sie. Ich nickte. »Ich bin Teresa. Freut mich sehr« sagte die Dame. Sie streckte die Hand zum Gruß aus. »Mich auch«, sagte ich und erwiderte ihren Händedruck. »Hatten Sie eine gute Reise?« Auch das bejahte ich. »Hätten Sie bitte noch Ihren Reisepass für mich«, bat Teresa. Um meine Angaben einzutippen, setzte sie eine Lesebrille auf, die ihr ebenfalls hervorragend stand. Die Eingaben auf der Tastatur erledigte sie mit einer Schnelligkeit, bei der jede unserer Assistentinnen im Büro neidvoll erblasst wäre.

»Möchten Sie noch etwas essen?« fragte Teresa und sah vom Computer zu mir. »Die Küche ist geöffnet. Mein Mann Francesco zaubert Ihnen gerne noch etwas Feines. Frühstück gibt es morgen ab 7:30 Uhr. Möchten Sie bei der Olivenernte helfen?« fragte sie weiter. Ich war unschlüssig. Einerseits faszinierte mich dies sehr. Andererseits wollte ich auch einfach meine Ruhe haben. Ich merkte, wie mir die Geräusche des Flugzeugs und alle Eindrücke des Tages noch im Kopf herumschwirrten.

Teresa bemerkte es. »Sie können das gerne spontan

entscheiden. Auf jeden Fall sind Sie herzlich eingeladen, dabei zu sein. Um 7:00 Uhr gibt es für alle Helfer draußen im Garten einen großen Tisch. Wir frühstücken kurz zusammen und dann geht es los. Kommen Sie einfach vorbei, wenn Sie rechtzeitig wach sind und Lust haben, mitzukommen.« Ihr fürsorglicher Blick rührte mich. Er hatte etwas Mütterliches, ohne einem zu nah auf die Pelle zu rücken.

Ich lächelte sie an. »Vielen Dank. Das ist sehr nett.« Ich war froh, heute keine Entscheidungen mehr treffen zu müssen. Teresa überreichte mir den Zimmerschlüssel und beschrieb mir den Weg. Dann zeigte sie mir noch den Eingang zum Restaurant und wünschte mir einen angenehmen Abend und einen schönen Aufenthalt. Ich ging auf mein Zimmer, um mich kurz frisch zu machen. Es lag, wie erwartet, im ersten Stock. Zu meiner Freude zeigte der Balkon aufs Meer, das unten im Tal lag. Wie schön das aussah!

Ein angenehmer Blumenduft lag in der warmen Abendluft. Das Haus an sich und auch der Garten wirkten eher schlicht und doch gepflegt. Hübsche weiße Fliesen mit gelb-blauem Muster zierten den Balkonboden. Auf den beiden Liegestühlen lagen dicke Polster, auf denen man sicher gut ausruhen konnte. Zwei Oleanderpflanzen in großen blauen Töpfen zierten den Balkon rechts und links. Auch Bad und Schlafzimmer waren schlicht, aber gemütlich und einladend. Dieser Ort gab auf keinen Fall vor, etwas

zu sein, das er nicht war. Ich hatte in sehr teuren Hotels schon schlecht geschlafen, daher zog ich Unterkünfte wie diese vor, die ihre Ecken und Kanten hatten – und eine gelebte Geschichte.
Die Seife im Bad, mit der ich mir die Hände wusch, verströmte einen interessanten Duft, der an eine Mischung aus Orangen und Zitronen erinnerte. Und noch eine Note war dabei … War es Olive? Ich war keine Expertin in Parfums, doch es war offensichtlich, dass in die Komposition dieser Mischung viele Überlegungen geflossen waren. Auch die dunkelgrünen Flaschen mit dem orange- und goldfarbenen Logo sahen sehr edel aus. Ungewöhnlich schön für Hotelseifen, dachte ich. Mein Magen knurrte energisch. Schnell tauschte ich meine Jeans gegen eine beige Stoffhose ein, zog ein frisches weißes Oberteil an, sah noch einmal prüfend in den Spiegel und lief nach unten.
Die Hälfte der Tische in dem kleinen Gastraum waren belegt. Ein älterer Herr mit strahlenden, blauen Augen und vielen Lachfältchen, der hinter der Theke stand und gerade Wein in ein Glas schenkte, begrüßte mich sehr freundlich. Ich setzte mich an einen kleinen Tisch am Rand. In einem modernen Weinregal aus Glas und Holz mit Edelstahlelementen an der gegenüberliegenden Wand waren verschiedenste Flaschen ausgestellt. Ansonsten war die Einrichtung schon etwas älter: dunkle Möbel mit weißen Tisch-

decken mit goldenen Stickereien und dazu passenden Kissen. Auch dies passte zum Charakter des Hauses. Alles war gepflegt und sauber. Nichts Unnötiges lag herum.

Ich entschied mich für den Hauswein und als Vorspeise für einen kleinen Salat aus frischen Tomaten mit Büffel-Mozzarella und Basilikum. Dazu gab es ofenwarmes Ciabatta-Brot mit Oregano und Meersalz auf der Kruste.

Ich musste mich zurückhalten, nicht den ganzen Brotkorb leer zu essen, als die junge Frau ihn mir mit einem freundlichen Lächeln brachte. Wie bekam man nur solch luftiges und doch geschmackvolles Brot hin? Zum Hauptgang gab es Trüffel Tagliolini. Auf dem Tisch stand eine kleine Flasche Olivenöl, Salz und Pfeffer. Ich erkannte die Flasche wieder, die ich im Kochkurs bei Laura in der Hand gehabt hatte. Den Nachtisch verkniff ich mir aus Kalorien-Gründen. Doch er hätte auch beim besten Willen keinen Platz mehr in meinem Bauch gehabt. Allein dieses Abendessen war es wert gewesen, hierherzukommen. Ich musste an den Kurs bei Laura denken. Auch hier war uns als Gruppe alles wunderbar gelungen. Ich freute mich schon darauf, an Weihnachten die Menüfolge auszuprobieren. Andreas' Eltern würden Augen machen.

»Das hört sich alles toll an!« meinte er begeistert, als ich ihm nach dem Essen vom Balkon aus von dem

wunderschönen Ort hier erzählte. Ich konnte an seiner Stimme hören, wie sehr er sich mit mir freute. Mit einem Anflug von schlechtem Gewissen fiel mir auf, dass ich nicht immer so glücklich war, wenn er selbst auf Reisen ging. Natürlich konnte ich es verstehen, dass er seine zwei – Andreas-Auszeiten – im Jahr brauchte. Doch ich war einfach gerne mit ihm zusammen und vermisste ihn, wenn er weg war.
Wenn ich ehrlich war, hatte mich auch so manches Mal die Eifersucht überkommen: Mit wem unterhielt sich Andreas gerade? War die nette Dame, von der er erzählt hatte, wirklich nur nett gewesen? Ich wollte nicht klammern, doch mir war auch bewusst, dass Andreas ein attraktiver Mann war. Jetzt, in diesem Moment, bemerkte ich, wie dumm diese Gedanken waren, und ich war froh, dass ich nie etwas gesagt hatte. Ich spürte, wie sehr er mich liebte, während er mir von seinem Tag berichtete.
Wir verabschiedeten uns und legten auf. Die Sonne war inzwischen untergegangen. Das Meer lag im Tal wie ein stiller, dunkler Teppich. Am Himmel konnte ich ein paar Sterne ausmachen. Ich beschloss, keinen Wecker für morgen zu stellen. In Deutschland stand ich um 6:30 Uhr auf, da mein Tag im Büro um 8:30 Uhr begann. Wenn ich rechtzeitig wach werden würde, dann würde ich es als Zeichen nehmen, bei der Olivenernte zu helfen. Wenn nicht, dann nicht. Dieser Gedanke gefiel mir.

Tatsächlich wachte ich am nächsten Morgen mehr als frühzeitig auf. Draußen in den Bäumen saßen Zikaden und schabten in erstaunlichem Gleichklang ein Lied. Ich blieb noch ein paar Minuten liegen und genoss das Geräusch, das mich an einen wunderschönen Urlaub erinnerte, den ich vor vielen Jahren mit einer Freundin in Südfrankreich erlebt hatte.
Wie auf Kommando wurde es plötzlich still. Die Zikaden hatten ihr Konzert beendet. Woher wussten die Tiere eigentlich, wann sie aufhören sollten? Welche Zikade war der Dirigent oder die Dirigentin? Auf jeden Fall eine, die Führungsqualitäten besaß, dachte ich schmunzelnd. Irgendwie schienen die Dinge in der Natur oft einfacher. Ein paar Minuten lang genoss ich den warmen Wasserstrahl, der aus der Dusche kam. Shampoo und Duschcreme im Bad stammten von der gleichen Firma wie die Seife, die mir am Vorabend aufgefallen war. Ich besah mir das Etikett genauer. Das Unternehmen hatte seinen Sitz in Ortigia, einer Stadt, die ebenfalls hier in Sizilien lag. Ich beschloss, mir die Marke der Serie zu merken. Vielleicht konnte ich zu Hause etwas davon bestellen.
Ich hörte fröhliches Gelächter.
Im Garten fand ich den langen, gedeckten Tisch, von dem sie gesprochen hatte. Etwa 15 Menschen aus drei Generationen saß darum und unterhielten sich.
»Anna! Guten Morgen, wie schön, dass Sie da sind. Kommen Sie«, rief Teresa und winkte mich zu sich,

als würden wir uns schon lange kennen. Sie und Francesco, der neben ihr saß, sowie die Anderen am Tisch grüßten mich freundlich. Zwei kleine Kinder sprangen im Garten herum und streichelten einen wuscheligen Hund. Neben Teresa war kein Platz mehr frei, daher setzte ich mich neben eine Dame, die Anfang 50 war und große Ähnlichkeit mit der Frau auf Lauras Olivenflasche hatte.
Das musste Sofia sein. Sie musterte mich kurz, dann nickte auch sie mir zu. Sie schien ernster zu sein als alle anderen hier. Hatte ich etwas falsch gemacht? War der Platz, auf den ich mich gesetzt hatte, eigentlich für jemand anderen bestimmt gewesen?
Sie schien keine Frau der vielen Worte zu sein, sondern deutete mit dem Kopf in Richtung eines niedrigen Nebengebäudes am Ende des Gartens: »Im Stall sind Schuhe, wenn Sie welche brauchen. Jemand hat sie hier vergessen. Sie könnten Ihnen passen.« Dann reichte sie mir den Korb mit frischen Croissants, wartete, bis ich mir eines genommen hatte, und unterhielt sich weiter mit jemand anderem. Während des Frühstücks war ich still. Der starke, aromatische Kaffee schmeckte hervorragend und weckte meinen noch etwas schläfrigen Geist. Interessiert sah und hörte ich den anderen bei ihren Gesprächen zu. Danach wurde in Windeseile abgeräumt und jeder packte mit an. Sofia forderte einen Jungen von etwa acht Jahren namens Matteo auf, mich zum Stall zu begleiten. Er öff-

nete mir bereitwillig die Tür und deutete auf ein paar robuste Schuhe, die auf einem Holzregal standen. Ich probierte sie an. Sie passten wie angegossen. Ich war froh, dass sich die Schuhfrage so schnell geklärt hatte. Denn so sehr ich die Olivenernte im Hinterkopf gehabt hatte – an passendes Schuhwerk für einen Arbeitseinsatz hatte ich nicht gedacht.

Der Olivenhain, der heute als Letzter abgeerntet wurde, lag direkt auf dem angrenzenden Grundstück. Zwei junge Männer warteten bereits mit Traktoren und Anhängern unter den Bäumen. Sie warfen Sofia und den anderen Helfern zusammengefaltete Netze entgegen. Diese wurden sorgfältig unter den Bäumen ausgelegt. Die aufgehende Sonne tauchte den ganzen Hain in ein goldrosafarbenes Licht, was ihm etwas Märchenhaftes verlieh. Da es noch nicht losging, erlaubte ich mir kurz, zu einem der Bäume zu gehen und über seine warme Rinde zu streichen. Was für eine Kraft er ausstrahlte! Olivenbäume hatten längst nicht die Größe wie Eichen oder Kastanien. Und doch sind sie perfekt, dachte ich. Es erleichterte außerdem die Ernte, da man gut an die Früchte herankam. Etwas in meinem tiefsten Inneren fühlte sich von der Magie dieses Gartens berührt. Am liebsten hätte ich den Baum, vor dem ich stand, auf der Stelle umarmt, doch das kam mir etwas albern vor. Außerdem wollte ich mich ja nützlich machen und nicht bloß herumstehen. In dem Moment tauchte Sofia neben mir auf.

Sie reichte mir ein paar Arbeitshandschuhe.

»Sie wollen doch helfen, oder?« fragte sie. »Ja, ja, natürlich«, sagte ich und zog die Handschuhe schnell über. Sie führte mich zu einem der Bäume, unter dem bereits Netze auslagen. Mit dem Rechen, den sie in der Hand hielt, hakte sie sich in einen der Äste ein und rüttelte kräftig daran. Eine ganze Reihe Oliven prasselte zu Boden.

»Sie sehen noch so grün aus«, sagte ich und biss mir auf die Lippe. Natürlich waren Oliven grün! Warum hatte ich so etwas Dämliches gesagt? »Ich meine«, fügte ich schnell hinzu, »woher wissen Sie, wann der richtige Zeitpunkt für die Ernte ist?« Zu meiner Überraschung nickte Sofia. »Sie haben ganz richtig gesehen«, sagte sie.

»Die Oliven werden zwei bis drei Wochen vor ihrer tatsächlichen Reife gepflückt. Man muss den richtigen Zeitpunkt wählen. Nur so behält das Öl seine ganze aromatische Kraft.« Das interessierte mich.

»Und woran erkennen Sie, wann es der richtige Zeitpunkt ist?« fragte ich. Für mich als Controllerin klang ein Zeitraum von zwei bis drei Wochen sehr vage. Sofia sah mich wieder prüfend an. Ihre Augen konnten einen wirklich durchbohren, dachte ich.

»Gefühl. Gefühl und die Erfahrung der Jahre. Wobei«, fügte sie noch hinzu, »im letzten Jahr war es sehr trocken. Die Ernte fiel sehr spärlich aus. Auch wir dürfen flexibel bleiben und bereit, immer wieder etwas Neues dazuzulernen und mit der Zeit zu gehen.« Das stellte ich mir gar nicht so einfach vor. Bevor ich etwas erwidern konnte, hatte mir Sofia den Rechen in die Hand gedrückt und war zu einer Gruppe von Helfern gegangen, die unter einem anderen Baum stand. Sie hielten ein paar Oliven in der Hand. Ich konnte nicht hören, was sie sagten, da der Wind die Blätter rascheln ließ. Sie schienen sich über den Zustand der Oliven in diesem Jahr zu unterhalten. Ob sie zufrieden waren? Also dann, an die Arbeit, dachte ich, versuchte, den Rechen in den Baum einzuhaken, ohne kleinere Zweige zu verletzen – und rüttelte. Es fiel aber nur eine Handvoll Früchte zu Boden. Auch das noch. Wie hatte Sofia das bloß gemacht? Gab es hier einen Trick? Es war mir peinlich, wie ich als Städterin dastand und im Vergleich zu den anderen nur ein jämmerliches Plopp-Plopp ertönte, während es rechts und links von mir Oliven in rauen Mengen regnete.

»Kommen Sie, ich helfe Ihnen«, hörte ich Teresa sagen. Ich hatte gar nicht mitbekommen, dass sie dazugekommen war. »Mir ist es am Anfang ganz genauso ergangen wie Ihnen. Und dabei bin ich hier geboren«, sagte sie mit einem Augenzwinkern. Sofort wurde es mir leichter ums Herz. Warum hatte ich bei ihr das Gefühl, dass alles in Ordnung war, während ich unter dem forschen Blick von Sofia ständig in Selbstzweifel geriet?

Teresa nahm mir den Rechen aus der Hand, hakte ihn gekonnt im Baum ein und rüttelte mit überraschender Kraft daran. Das Ergebnis konnte sich sehen lassen. Sie lächelte mich an.

»Seien Sie ruhig forsch. Manchmal muss man kräftig an den Dingen rütteln, damit sich was bewegt im Leben. Oder nicht?« Sie lachte.

»Sie bekommen das hin, keine Sorge. Und denken Sie sich nichts dabei. Meine Tochter«, sie nickte in Richtung Sofia, »ist manchmal ein bisschen streng. Sie meint das nicht so.«

Sie senkte die Stimme, bevor sie weitersprach. »Sie hat ihren Mann verloren, als Matteo noch ganz klein war.« Bei dem Namen deutete sie in Richtung des Jungen, der mir den Stall geöffnet hatte.

»Seitdem führt sie das Landgut alleine und wir unterstützen sie, so gut wir können.« Ihre Worte berührten mich. Teresa klopfte mir auf die Schulter.

»Sie machen das schon. Jeder von uns hat seine Qualitäten. Und wenn Sie noch Zeit haben, sollten Sie unbedingt am Nachmittag noch mit zur Ölmühle kommen. Es ist immer ein Erlebnis, wenn das frische Öl aus der Presse kommt!« Damit verschwand sie zwischen den Bäumen. Nach dem Rütteln und Schütteln ging es ans Aufsammeln. Alle Oliven kamen zunächst in Eimer und dann in große rechteckige Plastikbehälter, die dicht an dicht und in mehreren Lagen auf den Ladeflächen der Traktoren standen. Wanne um

Wanne füllte sich. Ich konnte kaum glauben, welche Menge zusammengekommen war, als wir am Mittag um die Traktoren standen. Alle Netze wurden eingesammelt, die losen Blätter daraus geschüttelt und alles sorgfältig zusammengefaltet. Ich griff mit an, wo ich konnte, was nicht viel war, weil alle ein eingespieltes Team waren. Doch sie ließen mich mitmachen und zeigten mir bereitwillig, wobei ich helfen konnte. Der Vormittag war wie im Nu verflogen, doch auch körperlich anstrengend gewesen.

Diese Art von Bewegungen war ich als Büromensch überhaupt nicht gewöhnt. Doch es erfüllte mich mit unglaublichem Stolz zu sehen, was wir geleistet hatten. Ein erfolgreich beendetes Projekt in meinem Beruf war auch befriedigend, aber nicht auf diese Weise. Mir wurde in diesem Moment wieder bewusst, dass ich mir nur selten die Zeit nahm, einen Abschluss wirklich zu feiern, da mehrere Projekte parallel liefen und es somit immer etwas zu tun gab.

»Komm, das müssen wir feiern«, hatte Andreas schon öfters gesagt, wenn einer von uns beiden etwas Tolles im Job geschafft hatte. Wir waren dann gut essen gegangen und hatten miteinander auf den Erfolg angestoßen. Danach war es immer wieder schnell weitergegangen. Das nächste Projekt. Die nächste Deadline … Ein nie enden wollender Strom. Zur Stärkung nach getaner Arbeit gab es wieder frisches Ciabatta mit feinem Käse, Schinken und Salami, dazu süße Kirschtomaten und den Hauswein. Zum Abschluss bekam jeder, der wollte, einen starken, wohlschmeckenden Espresso und etwas Mandelgebäck. Mir fiel auf, wie zufrieden alle Helferinnen und Helfer wirkten. Heitere Bemerkungen flogen hin und her, obwohl alle deutlich müder aussahen als beim Frühstück.

Ich pulte etwas Erde unter meinen Fingernägeln hervor. Die Handschuhe hatte ich beim Aufsammeln der Oliven abgelegt, weil ich die Früchte mit meinen bloßen Händen fühlen wollte. Sofia trat neben mich. In ihren Augen blitzte Anerkennung auf, als sie meine Hände sah.

»Heute war der letzte Tag«, sagte sie. »Schade, dass Sie nicht früher gekommen sind.« Sie nahm einen Schluck aus ihrem Espressobecher.

»Eine große Hilfe war ich heute sicher nicht«, meinte ich. »Sie alle mussten mir so viel zeigen – für die paar Oliven, die ich aufgesammelt habe.« Ihr Blick wurde ernst.

»Warum sagen Sie das? Genau darum machen wir das hier doch! Damit Sie und die anderen Gäste Freude haben und etwas lernen.« Ein Hauch eines Lächelns flog über ihr Gesicht.

»Sie sind mir sympathisch«, sagte sie. »Kommen Sie gerne wieder.« Jetzt war ich baff. Wir hatten doch kaum miteinander geredet!

»Was hätten Sie heute getan, wenn Sie in Deutschland wären?«, fragte sie interessiert. Darüber musste

ich nicht lange nachdenken. Ich schmunzelte.
»Wollen Sie das wirklich wissen? Wahrscheinlich hätte ich am Vormittag ein paar Mails beantwortet, eingekauft, die Wohnung geputzt … Was man eben so macht an einem Samstag«, sagte ich.
»Nicht sehr spannend, oder?« Sie blickte mich an. »Solange es Ihnen gefällt, ist doch alles in Ordnung.«
Ich sah ihr nach. Sie lief auf einen der voll beladenen Traktoren zu, sprach kurz mit dem Fahrer, dann winkte sie mir.
Gefällt dir dein Leben, hinterfragte die innere Stimme.
Der Großteil der Helfer verabschiedete sich. Zurück blieben Francesco, Sofia und ich. Wir quetschten uns rund um die Olivenkisten auf einer kleinen Sitzfläche hinter dem Fahrerhäuschen zusammen. Unter viel Geschaukel ging es den Weg hinab, den ich am Vorabend mit dem Auto gekommen war.
Zur Ölmühle war es nicht weit. Sie lag einen Ort weiter. Wir fuhren durch ein großes Eisentor in den großräumigen Innenhof, in dem bereits weitere Olivenbauern mit ihren Traktoren auf die Presse warteten. Von allen Seiten ertönten Rufe und Grüße, als wir eintrafen. Sie sind eigentlich Mitbewerber, dachte ich, und trotzdem geht es hier offen und herzlich zu. Jeder scheint seine Kunden zu haben.
Der Betreiber der Ölmühle war ein drahtiger Mann

um die 50 mit graumeliertem Haar und wachen grauen Augen, der sich uns als Leonardo vorstellte. Er strahlte eine natürliche Souveränität aus. Er erklärte mir, wie die Presse funktionierte und dass sein Öl bis in die Schweiz in Nobelrestaurants exportiert wurde. Außerdem erfuhr ich, dass zwischen Ernte und Pressung nicht zu viele Tage vergehen durften, da die Oliven schnell oxidierten. Wenn ich mir die Traktoren hier im Hof so ansah, hatten er und seine Mitarbeiter heute noch eine lange Nacht vor sich. Leonardo führte uns zu einer Presse, die gerade mit einer Ladung Oliven befüllt worden war. Eine Dame in seinem Alter verteilte frische Brotstücke an uns und reichte jedem von uns einen kleinen Pappteller. Zu gern hätte ich gesehen, was im Innern der Maschine vor sich ging, doch sie war zum größten Teil aus Edelstahl und verbarg ihr Geheimnis vor mir. Leonardo machte eine Handbewegung, dass es gleich losging. Wir sollten unsere Teller bereithalten. Er legte seine Hand auf den Hahn am vorderen Ende der Presse. Der Reihe nach sollten wir zu ihm kommen, er öffnete den Hahn kurz und ließ eine kleine Menge des flüssigen Goldes auf unsere Teller laufen. Seine Augen glänzten wie das Öl, das aus dem Hahn kam. Auch ihm schien dieser Moment immer wieder Freude zu bereiten.

Ich war begeistert, als ich meinen Teller erhielt. Was

für eine Farbe, was für ein Duft! Auch Sofia und Francesco schienen zufrieden, sie hatten ebenfalls daran gerochen. Wir tunkten unser Brot in das Öl und bissen genussvoll hinein. Wie bei Laura im Kurs, als ich das Öl von dem kleinen Löffel gekostet hatte, explodierten auch in diesem Moment die sinnlichen Eindrücke in meinem Mund. Noch nie in meinem Leben hatte ich etwas so Reines gegessen, das die Natur hervorgebracht hatte und dem nichts außer purem Sonnenlicht, Wärme, Wasser und die Kraft der Erde hier hinzugefügt worden war.

»Sie bleiben bis morgen, richtig«, fragte mich Teresa, als wir eine Stunde später wieder beim Agriturismo ankamen. Sie saß an der Rezeption und nahm ihre Lesebrille ab, als ich hereinkam. Sofia und Francesco würden die abgefüllten und etikettierten Ölkanister morgen abholen. »Ja, mein Flug geht am Abend zurück«, antwortete ich.

»Schade«, sagte die ältere Dame bedauernd. »Dann verpassen Sie unsere Veranstaltung mit Stefano. Er ist einer der besten Köche hier in der Gegend und war schon im Fernsehen. Stefano ist nämlich nicht irgendein Koch. Er ist blind«, fügte sie erklärend hinzu, als sie meinen fragenden Blick sah.

»Und damit man seine Gerichte mit allen Sinnen erleben kann, bekommen unsere Gäste beim Essen die Augen verbunden.« Ohne Augenlicht kochen und mit verbundenen Augen essen? Ging da nicht alles daneben? Ich konnte es mir nicht vorstellen, doch es klang interessant.

»Ein Platz wäre noch frei. Falls Sie doch noch bleiben können«, meinte Teresa.

»Diesmal leider nicht«, erwiderte ich. Mir fiel etwas ein. »Die Schuhe. Ich muss sie noch zurück in den Stall bringen«, sagte ich. Teresa winkte ab. »Behalten Sie sie ruhig. Ihre eigenen habe ich Ihnen auf Ihr Zimmer bringen lassen.«

Ich bedankte mich für ihre Achtsamkeit. Sie hatte wirklich alles im Auge.

An diesem Abend hatte ich so großen Hunger wie selten. Francesco bot mir eine seiner Lieblingsgerichte an – Spaghetti Carbonara. Zu seiner großen Freude aß ich den ganzen Teller leer und weil es so fantastisch schmeckte, holte ich mir noch einen Nachschlag. Das war hier völlig normal und ein großes Zeichen der Wertschätzung. Netterweise ging das Essen aufs Haus, weil ich geholfen hatte. Ich wollte die Einladung zuerst nicht annehmen, doch Francesco bestand darauf und schenkte mir noch ein Glas Rotwein ein.

»Für einen schönen Abend auf der Terrasse«, meinte er und zwinkerte mir zu. Ein paar Zikaden strichen noch ihr Lied in den Bäumen, als ich mich in einen der Liegestühle sinken ließ und die Augen schloss.

Ich dachte an meine Abreise am nächsten Tag und bedauerte es bereits, dass ich Andreas' Vorschlag nicht gefolgt war und mehr Tage hier gebucht hatte. An

einem Ort wie diesem musste, nein, wollte man länger bleiben. Warum hatte ich mir selbst nicht mehr Zeit geschenkt? Das Event mit Stefano hätte ich gern erlebt. Und noch so vieles, was diese Insel bereithielt.
Ich weiß nicht, ob es am Wein lag, aber auf einmal meldete sich eine Stimme in mir zu Wort: »Du hast alle Unterlagen für das Meeting am Mittwoch dabei. Die Folien, die du am Montag vorbereiten wolltest, kannst du auch von hier aus gestalten … Bleib doch bis Dienstag!«
Seufzend rief ich mich zur Vernunft. Wishful thinking war das, mehr nicht.
Das Klingeln meines Telefons riss mich aus den verführerischen Gedanken. Andreas. »Na, Schatz, alles klar bei dir?« Er klang fröhlich. »Du bist hoffentlich nicht am Arbeiten?« »Nein«, antwortete ich wahrheitsgemäß. »Ich habe heute Oliven geerntet und jetzt habe ich frei!« Ich prostete ihm mit meinem Weinglas zu. Er lachte und wollte wissen, wie die Ernte gelaufen war. Allzu gern erzählte ich ihm, was ich heute erlebt hatte.
»Das hört sich alles großartig. Ich finde, du solltest noch bleiben.« Hätte er das doch besser nicht gesagt! Die Stimme in mir, die vorhin so hartnäckig war, nickte kräftig mit dem Kopf. Ganz meiner Meinung! Ich seufzte. »Du kennst doch den Meisinger«, sagte ich. Robert Meisinger war mein direkter Vorgesetzter. »Der kann es nicht leiden, wenn man so kurzfris-

tig mit Urlaubsanträgen kommt.« »Der hat doch eine Meise«, meinte Andreas ungerührt und wir lachten über den Scherz. »Er kommt doch auch immer ganz spontan mit diversen Aufträgen für dich. Frag ihn doch mal. Wer nicht fragt, hat ein Nein von vornherein!« Ich verzog den Mund. Wenn es so einfach wäre. Bevor ich etwas sagen konnte, fügte Andreas hinzu: »Also, ich an deiner Stelle würde es probieren! Versichere ihm, dass du da bist, wenn es irgendwo brennt.« Wieder nickte meine innere Revoluzzer-Stimme, die ich bislang noch nie wahrgenommen hatte. Genau! Ich spürte, wie mein innerer Widerstand bei dem Gedanken daran, noch etwas hierbleiben zu dürfen, dahinschmolz wie Schnee in der Sonne.

»Schatz, tu es für dich, bitte«, sagte Andreas. »Du warst so oft für andere da, bist für Kolleg:innen eingesprungen, die lange krank waren, und hast nie etwas für dich gefordert …« Seine Stimme klang sanft und unendlich liebevoll.

Ich versprach ihm, darüber nachzudenken, und fragte ihn, wie sein Tag gelaufen war. Er hatte eine schöne Radtour mit einem Freund unternommen. Das liebte ich an Andreas, er wusste immer etwas Tolles mit seiner Zeit anzufangen.

Nachdem wir uns voneinander verabschiedet hatten, stand ich auf, schob die Balkontür bis auf einen schmalen Spalt zu und wollte schnurstracks ins Bad gehen, um die Zähne zu putzen. Da blieb mein Blick

an meinem Tablet hängen, das auf einem kleinen Sekretär aus Nussbaumholz neben der Tür lag.
Schau doch einfach mal nach Flügen, sagte die Stimme in mir. Gucken ist nicht buchen.
Ich setzte mich und rief die Website der Fluglinie auf, mit der ich hergekommen war. Bestimmt gibt es dienstags keine Flüge von Catania, redete ich mir selbst zu. Oder nur teure. Oder alle Plätze sind schon belegt. Es gab Flüge. Die Umbuchung kostete auch nicht viel. Und die Website bot mir, ohne dass ich danach gefragt hatte, auch noch ein hübsches, preiswertes Zimmer in einem B&B an. In Ortigia. War das nicht die Stadt, aus der die Seife stammte?
Super, dann kannst du in dem Laden gleich tolle Weihnachtsgeschenke für deine Freundinnen und deine Mutter und Schwiegermutter aussuchen und sie direkt nach Deutschland liefern lassen.
Die Stimme in mir rieb sich die Hände und hakte etwas auf einer Liste ab.
Ich musste schmunzeln. Ich hatte definitiv zu viel Wein gehabt. »Nur noch zwei freie Plätze«, sagte ein Pop-up-Fenster, das plötzlich auf dem Bildschirm aufblinkte. Und nun? Ich konnte nicht einfach buchen. Wenn ich verlängerte, musste ich Meisinger vorher zumindest per WhatsApp informieren. Wir alle lasen unsere Nachrichten am Wochenende und die dringendsten wurden auch beantwortet. Schön und gut, was uns in Resilienz-Seminaren gelehrt wurde.

Wenn etwas dringend war, war es dringend.
Ob einer der beiden freien Plätze auf mich warten würde, bis ich das Okay von Meisinger hatte? Ich war kribbelig. Erst mal Zähneputzen und wieder auf klare Gedanken kommen. Ich ging ins Bad, kam aber schon kurz darauf mit der Zahnbürste im Mund wieder heraus und tippte – Ortigia – ins Suchfeld meines Browsers ein. Vielleicht ist die Stadt hässlich, startete ich einen letzten Versuch, um mich zur Vernunft zu bringen.
Informier dich wenigstens. Nicht, dass du Geld für etwas ausgibst, das du hinterher bereust.
Wenn ich nicht die Zahnbürste im Mund gehabt hätte, hätte ich die Hand davor geschlagen. Was für ein wundervoller Ort! Schon die ersten Fotos begeisterten mich. Ortigia lag auf der Halbinsel vor Siracusa und war nur durch eine breite Zufahrt davon getrennt. Fasziniert las ich, dass der griechische Name der Insel ein Beiname der Göttin Artemis war, die auf einer Insel namens Ortigia geboren sein sollte. Ein anderer griechischer Reiseschriftsteller der Antike beschrieb Ortigia als mythischen Zufluchtsort der Nymphe Arethusa, die sich hier in eine Quelle verwandelt haben soll.
Mist. Der Schuss war nach hinten losgegangen. Bloß mal informieren … Und jetzt das. Innerlich stellte ich mir bereits vor, wie ich durch die hübschen Straßen schlenderte, Cappuccino trank, Kulturgeschichte aufsog … Wäre ich doch einfach ins Bett gegangen. »Elf

Personen sehen sich dieses Angebot gerade an«, sagte ein weiteres Fenster, das auf dem Screen aufpoppte.
Die Mechanismen im Online-Vertrieb kannte ich nur zu gut. Normalerweise ließ ich mich durch so etwas überhaupt nicht aus der Ruhe bringen. Mein rechter Zeigefinger lag auf dem Touchpad. Nur ein Klick und ich konnte wunderbare weitere Tage hier verleben … Doch etwas hielt mich zurück. Wäre Meisinger sauer? Oder Sabine aus der Personalabteilung, wenn ich am Montag so mir nichts, dir nichts fehlte? Ich nahm den Finger herunter, ging ins Bad, um den Mund auszuspülen, da hörte ich, dass auf meinem Handy eine Nachricht einging. Wer war das um diese Zeit? Ich wusch mir das Gesicht, bevor ich ins Schlafzimmer zurückging. Sollte ich nachsehen, was es war? Oder würde es mich bloß unnötig den ganzen Sonntag beschäftigen? Ich sah nach. Am Ende hatte es etwas mit unserem Sponsorship-Meeting zu tun und einer meiner Kollegen brauchte dringend noch eine Info. Es war Meisinger. Was wollte der denn? Hoffentlich hatte er nicht für morgen früh einen spontanen Call anberaumt.
Ich wollte einfach nur ans Meer fahren und an nichts denken … »Hallo, Anna«, las ich. »Meeting am Mittwoch um 14 Tage verschoben. Mehr persönlich. Passt mir gut. Muss für zwei Tage ins Krankenhaus. Nichts Schlimmes. Viel Spaß in Sizilien! Gruß, M.« Ich las die Nachricht mehrmals. Standen diese Worte wirklich da? Hatte das Universum oder mein Vorgesetzter

meinen Wunsch gehört?
Dann konnte ich ja wirklich länger bleiben … Vielleicht sogar bis Mittwoch? Nun sei mal zufrieden mit dem Spatzen in der Hand, rügte ich mich gleich.
Wenn man Anna den kleinen Finger reicht und sie ein Wochenende verreist, kommt sie nicht mehr nach Hause, rief meine innere Stimme erfreut und vollführte ein Freudentänzchen.
Mit Sabine dürfte es eigentlich auch keine Schwierigkeiten geben. Sie war wahrscheinlich happy, wenn ich endlich ein paar Überstunden abbaute. Auf dem Bildschirm erschien ein Fenster, das mir zeigte, dass ich noch drei Minuten Zeit für eine Entscheidung hatte. Die Entwickler dieser Portale gaben sich wirklich alle Mühe. Sollte ich Andreas noch mal anrufen? Wozu? Ich wusste, was er sagen würde. Außerdem war er sicher schon im Bett.
Nein, Anna, diese Entscheidung musst du alleine treffen, sagte die innere Stimme und hob ihren Finger. Wenn nicht jetzt, wann dann?
Mutig gab ich Mittwoch als Rückreisedatum ein. Wenn ich den Flug um 16 Uhr nahm, war ich spätestens um 19 Uhr zu Hause. Rechtzeitig zum Abendbrot. Das Zimmer im B&B war auch frei und es gab eine Waschmaschine dort. Ich brauchte mir also nicht mal um meine Garderobe Gedanken zu machen.
Ich musste schmunzeln: Und wo, wenn nicht in Italien oder Sizilien, gab es tolle Klamottenläden?

Mein Bauch kribbelte. Sollte ich etwas tun, das ich noch nie getan hatte? Fünf Minuten und wenige Klicks später waren die zusätzlichen Reisetage gebucht, die Autovermietung verlängert, der Flug geändert und aus meinem Wochenende war eine kleine Reise geworden. Ich wusste nicht, ob ich lachen oder weinen sollte. Ich entschied mich für lachen.
Aber mit Francesco musste ich morgen dringend ein Wörtchen über seinen Wein reden! Prost, dachte ich und schlüpfte mit einer Mischung aus Glück und Aufregung unter die Bettdecke.

WELCHE
FRÜCHTE
MÖCHTEST
DU
ERNTEN?

KAPITEL 2

SINNLICHE ACHTSAMKEIT

Das Leben offenbart seine Schönheiten, wenn man lernt, sie zu erkennen und zu schätzen.

——— Am nächsten Morgen erwachte ich erst gegen 8 Uhr. Wie gut ich geschlafen hatte. Ich wollte mich gerade gemütlich im Bett recken und strecken … Da hielt ich inne. Mir tat alles weh! Ich spürte einen Muskelkater an Stellen im Rücken und in den Armen, wie ich ihn noch nie erlebt hatte. Unsportlich war ich nun wirklich nicht, doch es sah ganz so aus, als hätten die gestrigen Bewegungen ganz neue Partien meines Körpers gefordert.
Im Büro bekam ich öfters Rücken- und Nackenschmerzen vom vielen Sitzen und der, zugegeben, nicht immer optimalen Haltung vorm PC. Doch dieser Schmerz war anders. In gewisser Weise sogar wohltuend, fiel mir auf. Er verlieh mir das Gefühl, etwas geschafft zu haben. Einen echten Beitrag geleistet zu haben. Vorsichtig schwang ich mich aus dem Bett und ging nach draußen auf den Balkon. Für ein paar Minuten ließ ich mir die Sonnenstrahlen aufs Gesicht scheinen. Von unten wehten leise Gespräche nach oben. Ein paar wenige Gäste frühstückten auf der Terrasse. Das Meer lag tiefblau im Tal. Winzige Schaumkronen kräuselten seine Oberfläche, Zeichen dafür, dass es dort unten nicht so windstill war wie hier oben.

Gleich werde ich dich besuchen, dachte ich mit einem Lächeln.

Nach einer schnellen Dusche zog ich mir Jeans und T-Shirt an. Zur Sicherheit schlang ich mir einen Pullover um die Schultern und lief nach unten. Teresa und Francesco begrüßten mich herzlich und ihre Freude war groß, als ich ihnen erzählte, dass ich noch eine Nacht bleiben und auch beim Kochevent teilnehmen würde.

»Sie werden es nicht bereuen«, meinte Teresa lächelnd und verlängerte mein Zimmer im Buchungssystem. Auch heute sah sie wieder sehr stilvoll aus in ihrem fuchsiafarbenen Kleid. Wie eine junge Frau, dachte ich. Sie und Francesco schien eine tiefe Liebe zu verbinden.

Das Frühstück, das sie vorbereitet hatten, war liebevoll und üppiger, als ich es erwartet hatte. Ich hatte gehört, dass die Menschen, die in Italien und Sizilien lebten, für gewöhnlich morgens nur Cappuccino und ein Hörnchen zu sich nahmen. Ich selbst war auch noch mehr als satt und glücklich von dem wunderbaren Abendessen am Vorabend.

Doch es war eine Freude zu sehen, wie aufmerksam die beiden den großen Tisch mit frischem Obstsalat, Melonenscheiben, Brötchen, kleinen Croissants, Marmelade, einer Auswahl von Salami und Schinken sowie Müsli vorbereitet hatten. Es gab sogar verschiedene alternative Milchsorten.

Ob Sofia sich all diese Gedanken machte? Ich konnte es mir bei ihr gut vorstellen. Voller Freude setzte ich mich mit einem Cappuccino auf die Terrasse und genoss den Blick auf die Umgebung: Zu meiner Linken lagen die Olivenbäume, die wir gestern abgeerntet hatten. Wieder strahlten sie mit ihren silbrigen Blättern und knorrigen Stämmen diese unwiderstehliche Magie auf mich aus.

Weiter unten entdeckte ich einen Weg, der mir gestern gar nicht aufgefallen war. Er schlängelte sich unbefestigt ins Tal. Ob ich zu Fuß zum Meer laufen sollte? Sofort protestierte mein Rücken: »Ich möchte heute geschont werden!« Was mich außerdem davon abhielt, war der Gedanke, dass es auf dem Rückweg nur bergauf ging.

Du hast Urlaub, Anna, mahnte mich eine leise innere Stimme. Es gibt keinen Grund, dich zu quälen. Ich musste lächeln. Stimmt. Ich hatte Urlaub. Und damit war die Entscheidung gefallen. Ich sog die warme, duftende Morgenluft tief ein und erinnerte mich an den gestrigen Abend. Verrückt, mit nur wenigen Klicks hatte ich mir mehrere Tage Luft verschafft! Ich fühlte mich so unendlich frei. Dabei nahmen andere Leute mit der größten Selbstverständlichkeit ihren Urlaub.

Warum ich nicht? So erleichtert und grenzenlos hatte ich mich zum letzten Mal im Studium gefühlt, als ich mit einer Gruppe Freundinnen mehrere Wochen lang durch Portugal gereist war. Wir wussten am Morgen nicht, wo wir abends übernachten würden und was uns über den Tag erwartete. Diese Reise damals zählte zu einer der schönsten in meinem Leben. Jetzt saß ich wieder hier. Nicht mit einem Rucksack und Zelt, sondern ziemlich komfortabel mit Ferienzimmer und einem schmucken kleinen Auto, aber immerhin. Wieder fing mein Bauch an zu kribbeln.

In dem Moment klingelte mein Handy. Andreas war gerade auf der Fahrt ins Büro. Nach einem Moment des Staunens, als ich ihm in aller Kürze erzählt hatte, was ich gemacht hatte, rief er lachend: »So kenne ich dich ja gar nicht!« Gleichzeitig klang er stolz auf mich. »Ich bin wirklich froh, dass du das machst«, meinte er. »Und ich freue mich schon auf alles, was du erzählst!« Ich war sehr froh, dass er Verständnis für meine Entscheidung hatte und sich mit mir freute. Wir verabschiedeten uns und legten auf.

Teresa brachte einen kleinen Teller mit warmen Mandelhörnchen auf die Terrasse. Sie hatte sie frisch aus dem Ofen geholt. Ich war nicht die Einzige, die dem wundervollen Duft nicht widerstehen konnte und ihr Angebot annahm, sie zu probieren. Während ich hineinbiss, schweiften meine Gedanken nach Hause und ins Büro. Ob die Kolleginnen zurechtkamen? Ich würde ihnen sicherheitshalber noch eine kurze Nachricht schreiben. Vor allem Da-

niela musste wissen, wo sie gewisse Dinge auf dem Gruppenlaufwerk fand, ohne lange suchen zu müssen.
Als ich die E-Mail an sie in Gedanken formuliert hatte, war mein Teller leer. Mist. Das Hörnchen war so lecker gewesen. Ich hatte es gar nicht richtig genossen. Jetzt war es weg.
Es war mir schon zu Hause öfters aufgefallen, dass ich oft in Gedanken war, wenn ich aß. Ich sollte mir unbedingt angewöhnen, langsamer und achtsamer zu sein. Wie das Kochevent heute Abend wohl verlaufen würde? Da, es ging schon wieder los.
Stopp, ermahnte ich mich. Jetzt bist du hier. Nachher fährst du ans Meer. Das Event ist heute Abend. Bleib doch mit deinen Gedanken einfach mal im Hier und Jetzt!
Ich kam mir vor wie ein Reiter, der versuchte, ein wildes rennendes Pferd zum Stehen zu bringen. Gar nicht einfach, wenn ein solch kraftvolles Tier in Fahrt war. Es war aber doch auch so, dass einem ständig etwas im Kopf herumschwirrte: Diese E-Mail, jene WhatsApp-Nachricht, der neueste LinkedIn-Beitrag …
Mir fiel auf, dass es immer mehr Kanäle geworden waren, auf denen man ständig erreichbar sein musste. Und nicht nur beruflich, son-

dern auch privat. Oft war mir das einfach zu viel. Es stresste mich. Ich nahm mir vor, in den kommenden Tagen einfach mal das Handy für ein paar Stunden auszumachen. Ob ich das schaffte?

Ich trank den letzten Schluck von meinem Cappuccino aus, stand auf und nahm Teller und Tasse mit ins Haus. Teresa bedankte sich überschwänglich. Ich erklärte ihr, dass es für mich selbstverständlich sei. Nur bedient zu werden, war mir schnell unangenehm.

»Was haben Sie Schönes vor«, fragte sie mich.

Es klang teilnahmsvoll und überhaupt nicht neugierig. Ich erzählte ihr von meinem Plan, heute Vormittag ans Meer zu fahren. Sie ging mit mir zur Rezeption und beschrieb mir auf einer kleinen Karte kurz den Weg. Außerdem hatte sie einen prima Tipp für einen Parkplatz. Dann wünschte sie mir einen schönen Tag und teilte mir mit, dass das Event mit Stefano um 19:30 Uhr begann.

Ich ging noch kurz aufs Zimmer, um Autoschlüssel und Handtasche zu holen, dann startete ich in Richtung Meer. Die Straße führte vorbei an der Olivenmühle von Leonardo. Auch heute standen wieder viele Traktoren mit Ladungen voller grüner Früchte im Hof. Auch heute würde wieder jemand voller Vorfreude ein Stück frisches Brot in die ersten Tropfen Öl tunken, wenn sie aus der Presse kamen … Eine schöne Vorstellung.

Ich folgte der Straße in ihren sanften Kurven den Berg hinunter. Einmal musste ich anhalten, weil eine Herde Schafe gerade gemütlich die Straße überquerte. Sie ließen sich jede Menge Zeit. Zunächst konnte ich keinen Hirten ausmachen. Liefen sie etwa allein hier rum? Doch zum Schluss kam noch ein alter Herr mit Kappe und Arbeitsjacke, der freundlich die Hand hob und mir zahnlos zulächelte. Ich lächelte zurück. Zwei Hunde folgten ihm, einer weiß, der andere gescheckt. Rennend und bellend sorgten sie dafür, dass die Schafe zusammenblieben und Kurs auf eine nahe gelegene Weide nahmen.
Durch das Anhalten war mir ein Olivenhain auf der anderen Straßenseite aufgefallen, den ich gestern noch nicht entdeckt hatte. Auch hier waren viele Helfer fleißig mit der Ernte beschäftigt.
Es machte mich stolz, dass ich heute bereits etwas mehr über Oliven wusste also noch vor zwei Tagen.
Dank Teresas guter Beschreibung fand ich den Strand und den Parkplatz sofort. Außer mir war kein anderes Auto da. Auch der Strand war komplett leer. Das überraschte mich. Es war doch Sonntag. Nun, es war aber auch Oktober. Im Juli und August war hier sicher mehr los.
Als ich den Wagen abgeschlossen hatte und nur mit meiner Handtasche den kleinen Pfad zum Ufer hinunterlief, genoss ich wiederum das Gefühl, den hübschen Strand ganz für mich allein zu haben. Ich

machte ein paar Bilder – und hätte sie fast direkt an Andrea und mehrere Freundinnen geschickt. Doch ich bremste mich. Wenn ich sie jetzt losschickte, kamen Antworten, die ich wiederum beantworten würde … und dann ergäbe sich die gleiche Situation wie vorhin am Frühstückstisch. Ich würde den Moment hier nicht genießen, sondern ständig schauen, wie meine Freundinnen reagiert hatten.
Auch wenn mein Handy auf lautlos geschaltet war, gab es doch so etwas wie einen Suchtfaktor: Man wollte einfach wissen, wie die eigenen Nachrichten bei anderen ankamen. Also beschloss ich, die Fotos erst später abzuschicken. Es fühlte sich gut an.
Die kleine Bucht zog sich in einem mondförmigen Bogen über etwa 300 Meter hin. Ein paar große Palmen wuchsen an Land, auch Aloepflanzen und Oleander konnte ich ausmachen. Den Boden bedeckte ein Kraut, dessen Namen ich nicht kannte. Als ich das Wasser erreichte, war der Wind stärker geworden. Am Himmel hatten sich Wolkengruppen gebildet. Macht nichts, dachte ich.
Ich liebte das Meer zu jeder Jahreszeit und bei jedem Wetter. Voller Freude zog ich Schuhe und Socken aus. Ich musste den Sand und das Wasser einfach spüren, wenn ich schon da war. Die Hosenbeine krempelte ich bis zu den Waden hoch. Was für ein tolles Gefühl, als eine kühle Welle über meine Zehen schwappte! Sie fühlte sich an wie ein Jungbrun-

nen. Wie lange hatte ich das nicht erlebt?
Zum Schwimmen war diese Jahreszeit leider nicht mehr geeignet und ich hätte auch gar keinen Badeanzug dabeigehabt. Doch zum Spazierengehen und Auftanken nach dem Erntetag und der arbeitsreichen Woche zu Hause war es perfekt.
In der Ferne sah ich eine ältere Dame, die ebenfalls alleine am Ufer entlanglief. Sie musste vom anderen Ende der Bucht gekommen sein. Noch eine Meerliebhaberin, dachte ich und musste schmunzeln. Ob sie in der Nähe wohnte?
Die kleine Bar am Ende des Sandstreifens war schon winterfest gemacht worden. Alle Markisen waren hereingeholt und Fenster und Türen einbruchsicher verschlossen worden.
Ich stellte mir vor, wie es hier im Sommer aussah. Sicher das pralle Leben: Fruchtcocktails, Sandwiches, Pizza-Schnitten und Eiscreme würden über die Theke gereicht. Stimmengewirr von Kindern, Jugendlichen und Erwachsenen. Die Einen versuchten, die Anderen zu übertönen. Jeder wollte schnell eine Leckerei nach dem Bad im Meer oder einer Partie Beachvolleyball. Dazu fröhliches Lachen, bunte Schirme, das Rauschen der Wellen, heißer Sand und der Duft von Sonnenmilch, der in der Luft lag …
Ich konnte mir alles lebhaft vorstellen.
Heute roch die Luft nach Salz. Ich nahm es tief in mich auf. Wie heilsam! Mit den Zehen plantschte

ich im Wasser. Neben mir konnte ich meine eigenen Spuren erkennen. Im gleichen Moment kam schon eine Welle und nahm sie mit. Schwapp. Zurück blieb nur eine glatte Fläche aus feuchtem Sand, dem das zurückrollende Meer die Feuchtigkeit entzog. Vergänglichkeit pur. Als wäre ich überhaupt nicht hier gewesen. Mir kam ein Gedanke: Im Büro war für uns alles immer schrecklich dringend und sooo bedeutungsvoll. Doch wer würde sich in 25 oder 30 Jahren an das erinnern, was ich, Anna, und meine Kolleg:innen alles erledigt und vorangebracht hatten? Ständig gab es so viele Neuerungen und Veränderungen. Die Dinge und Software-Updates, in die man sich mühsam eingearbeitet oder die man neu installiert hatte, waren mit schöner Regelmäßigkeit veraltet. Schon bald jagte man selbst und das Team oder sogar die ganze Firma dem nächsten Versprechen nach.

Ich musste schlucken und spürte eine Enge in meiner Herzgegend. Das ganze Gerenne. Der ständige Stress. Die endlose Hektik … Wir alle nahmen uns und unsere Projekte so unglaublich wichtig. Und natürlich, für den Konzern war es auch wichtig, was wir taten. Es hielt ihn am Leben und damit uns. Aber erfüllt es uns auch?

»Guten Tag«, sagte die Stimme einer Frau, die plötzlich neben mir aufgetaucht war. Ich sah auf und erkannte die ältere Dame, die vorhin noch am anderen

Ende der Bucht gewesen war. Hatte ich so lange hier gestanden? Oder war sie so zügig gelaufen? Ich erwiderte ihren Gruß. Eine Weile sahen wir gemeinsam aufs Meer. Wir brauchten nicht zu sprechen. Sie trug eine weiße Stoffhose und ein blau-weiß geringeltes Shirt mit langen Ärmeln. Sie war älter als Teresa, schätzte ich. Ihr Rücken war gebeugt. Das Ergebnis harter Arbeit?

»Es ist schön, nicht wahr? Ich bin hier jeden Morgen«, sagte sie mit Blick auf das Wasser. »Und jeder Tag ist anders. Immer hat das Meer eine andere Farbe.«

Ich nickte. Es war schön zu spüren, dass sie genauso gern am Wasser war wie ich. »Ich laufe jeden Morgen nach dem ersten Kaffee meine Runde hier«, sagte sie. »Danach frühstücke ich mit meinem Mann. Er deckt den Tisch für uns, schon seit 25 Jahren, seit er in Rente gegangen ist. Er weiß, dass ich diese Zeit am Morgen für mich brauche«, fügte sie mit einem Lächeln hinzu. »Ich selbst bin 89 und mein Mann ist 90«, beantwortete mir die Dame meine gedankliche Frage. »Unglaublich«, stieß ich hervor. »Sie sehen … fantastisch aus«, stammelte ich.

Ich fand es immer schwierig, einem älteren Menschen zu sagen, dass man ihm sein Alter nicht ansähe. Denn damit bedeutete man ihm offen, dass er alt war. Sie freute sich offensichtlich.

»Danke. Das muss wohl am Glück liegen. Das Glück

hält uns länger frisch!« Sie lachte und breitete ihre Arme aus. »Es ist immer wie ein Neugeborenwerden, wenn man auf das Meer schaut, finden Sie nicht auch?« Ja, genauso empfand ich es auch. Am Meer hatte ich immer das Gefühl, noch einmal ganz von vorne starten zu können in meinem Leben. Alles loslassen und einfach weitergehen. Eine Weile standen wir noch so da.

»Ich wünsche Ihnen einen wunderbaren Tag«, sagte sie zum Abschied und ging weiter. Während sie in die Richtung lief, aus der ich gekommen war, setzte ich meinen Spaziergang bis zu einer Felsengruppe am Ende der Bucht fort. Dort setzte ich mich auf die warmen Steine und sah aufs Wasser. Starke Müdigkeit überkam mich mit einem Mal und ich musste gähnen. Hey, du bist doch vor wenigen Stunden erst aufgestanden, mahnte ich mich selbst innerlich. Doch die Müdigkeit war nicht zu ignorieren. Ich blieb noch einen Moment sitzen. Was für ein merkwürdiges Gefühl, keine Pläne für den Tag zu haben, außer das schöne Event mit Stefano am Abend. Was sollte ich mit der Zeit dazwischen tun? Es fühlte sich herrlich frei an und gleichzeitig verunsicherte es mich.

Für gewöhnlich war ich durchgetaktet bis auf die letzte Minute. Treffen mit Freundinnen, Besuche bei meinen Eltern oder Ausflüge mit Andreas musste ich oft lange im Voraus planen. In was für einem

verflixten Kreislauf man war, dachte ich. Ein Kreislauf, den sich jeder von uns selbst schaffte.
Der Wind hatte zugenommen. Ich fröstelte und zog meinen Pullover an. Ein kurzes Schläfchen wäre nicht schlecht, dachte ich. Aber, hey, den kostbaren Tag verschlafen, durfte ich das?
Ja, das darfst du, Anna, sagte die innere Stimme beruhigend in mir. Du darfst tun und lassen, was immer du willst.
Was für ein wundervoller Gedanke! Langsam lief ich in Richtung meines Wagens zurück. An einer Stelle im Sand lagen Muscheln und flache, helle Kieselsteine. Jemand hatte Namen in den Sand geschrieben. Und was war das? Da lag doch tatsächlich ein großes A. – A wie Anna. Drumherum lag ein aus Muscheln geformtes Herz. »Ich liebe dich«, stand daneben in den Sand geschrieben. Wie schön! Mir wurde warm ums Herz.
Obwohl ich einerseits voller Tatendrang war und am liebsten noch weiter die Umgebung erkundet hätte, übermannte mich die Erschöpfung, als ich zum Agriturismo zurückfuhr. Dort angekommen, wollte ich mich »nur ganz kurz« hinlegen … und erwachte erst wieder um 15 Uhr.
Du meine Güte. Mein Körper zeigte mir wirklich, dass ich Raubbau mit ihm betrieben hatte. Draußen war der Himmel strahlend blau, als wüsste er gar nicht, was Wolken überhaupt sind. Mein Magen

knurrte. Kein Wunder. Ich hatte seit dem Mandelhörnchen am Morgen nichts mehr gegessen. Ich machte mich frisch, kämmte mir durchs Haar und lief nach unten. Der Garten lag in sanfter Ruhe da. Alle anderen Gäste schienen unterwegs zu sein. Teresa war in der Nähe mit ein paar Oleanderpflanzen beschäftigt und zupfte die vertrockneten Blüten heraus.

»Möchten Sie etwas essen, Anna?«, fragte sie mich, als sie mich sah. »Die warme Küche öffnet wieder um 17 Uhr, doch was halten Sie von einem leckeren Panino mit Rucola, Tomate und Pecorino? Francesco macht Ihnen das gern.« Das hörte sich gut an und ich nahm ihr Angebot dankbar an. Wenig später genoss ich das köstliche Brötchen mit einem Glas Hauswein und ließ den Blick über den Hang und das Tal schweifen. Ein Anblick, an den ich mich gewöhnen könnte. Teresa kam kurz zu mir und legte mir einen Bildband über Sizilien auf den Tisch sowie ein aktuelles Magazin. Der Leitartikel ging über die Stadt Siracusa und die angrenzende Halbinsel Ortigia. Ortigia … Daher kam doch diese wundervolle Seife. Und im Internet hatten so viele interessante Dinge über die Halbinsel gestanden. Den Artikel würde ich mir auf jeden Fall anschauen. Was für ein schöner Zufall.

Fürsorglich, wie sie war, legte Teresa auch eine rote, kuschlige Decke über den freien Stuhl neben mir.

»Nehmen Sie sich gerne einen Liegestuhl mit unter die Olivenbäume«, meinte sie und deutete nach links zum Hain. »Machen Sie es sich gemütlich. Eine persönliche kleine Wellness-Oase, nur für Sie!« meinte sie lächelnd.

Ich sah zu den Bäumen, mein Herz ging auf und wusste sofort, dass ich den Nachmittag dort verbringen würde! Morgen auf der Weiterfahrt würde ich sicher noch einiges von der Umgebung sehen.

Der Bildband las sich spannend. Eingebettet in das sanfte Rascheln der Olivenbäume tauchte ich voller Begeisterung in die Geschichte von Sizilien und seine reiche Kultur ein. Selbst ein mehrwöchiger Urlaub reichte nicht, um all das zu entdecken. Das Magazin porträtierte die moderne Seite der Stadt Siracusa. Besonders interessant fand ich ein Interview über eine Szene-Bar, deren Interieur rein aus nachhaltigen Möbeln gebaut war. Nichts davon sah nach »Öko« aus, sondern unglaublich schick und anziehend.

Die Gründerin, die selbst Schreinerin war, hatte es mit ihrer Idee bis in die US-amerikanischen Hochglanzmagazine gebracht, hieß es in dem Interview. Sie sah sehr sympathisch aus. Die Zeit flog nur so dahin. Als ich einen Blick auf die Uhr warf, war es bereits kurz vor 18 Uhr. Was für ein wundervoller Nachmittag. Ich war sehr froh, ihn genau auf diese Weise verbracht zu haben. Ich stand auf und strich

noch einmal über die Rinde des Baumes neben mir. Wieder überkam mich das Gefühl, den schönen Baum am liebsten umarmen zu wollen. Aber was würde jemand denken, der mich dabei sah? Ich ließ es sein, nahm meine Lektüre und den Liegestuhl und brachte alles wieder in den Garten und zurück zu Teresa.
Die Tür zum Gastraum war noch geschlossen, als ich gegen 18:15 Uhr herunterkam. Sofia war auch da. Sie und Teresa baten uns freundlich, noch einen Moment hier zu warten, bis alle da waren. In wenigen Minuten bekämen wir die Augen verbunden und würden dann an unseren Platz geführt. Von Stefano war noch nichts zu sehen. War es Absicht, dass sich der Koch uns noch nicht zeigte, bevor das Menü zu Ende war, und dass wir auch vorher nicht in die Gaststube hereinschauen durften? Schließlich ging es ja darum, den Abend mal wie jemand zu erleben, dem das Augenlicht fehlte. Wie aufregend, dachte ich, und merkte, dass es den etwa 20 anderen Personen, die mit mir hier waren, ebenso ging. Gerne hätte ich diesen Abend mit Andreas geteilt.
Ich beschloss, mir alles ganz genau einzuprägen, damit ich ihm davon erzählen konnte. Auf mein Muschel-Herz-Foto vom Strand hatte er begeistert reagiert. Dann ging es los. Vorfreudiges Kichern und die eine oder andere scherzhafte Bemerkung waren zu hören, während wir die Augenbinden umgebun-

den bekamen. Sofia half mir bei meiner.
Für alle war es offensichtlich das erste Mal, dass wir ein »Dinner im Dunkeln« ausprobierten. Als wir nichts mehr sahen, stellte uns Sofia Stefano vor. Seine Stimme klang sehr angenehm. Sanft und doch männlich. Wie alt mochte er sein? Um die 30? 40? Es war schwer zu sagen. Und wie er wohl aussah? Welche Haarfarbe hatte er? Wie groß war er? ... Ich versuchte, mir all dies anhand seiner Stimme vorzustellen und malte mir ein Bild vor meinem inneren Auge. Schon jetzt war ich gespannt, ob dieses Bild später auch der Wirklichkeit entsprach. Die anderen Gäste hatte ich zumindest kurz gesehen. Doch schon jetzt fiel es mir nicht leicht, die Personen den Stimmen zuzuordnen, die ich vereinzelt hörte. Eine Stimme fiel mir besonders auf. Sie gehörte einer Frau, war warm und markant. War das die elegante Dame mit dem schulterlangen schwarzen Haar gewesen, die ein sehr schickes, dunkles Kostüm und eine rote Bluse trug? Sofia, Teresa und Stefano führten uns nacheinander alle auf die Plätze. Da wir bewusst nicht sprachen, konnte ich nur erahnen, dass es Teresa war, die mich am Arm genommen hatte. Ich stellte mir vor, ich wäre blind und müsste diese Gaststube ohne Hilfe betreten. Unmöglich! Ich würde wahrscheinlich mehrmals anecken, bevor ich überhaupt an einem Tisch ankam, dachte ich.
Als wir alle Platz genommen hatten, erklärte Stefa-

no uns den Sinn seines Events. Das ursprüngliche Konzept war Ende der 1990er-Jahre in Frankreich entstanden. Es hatte im Laufe der Jahre so guten Anklang gefunden, dass weltweit die Angebote wie Pilze aus dem Boden geschossen waren. Schon der Genuss der Speisen mit verbundenen Augen war etwas Besonderes. Stefanos eigenes Markenzeichen war darüber hinaus, dass er selbst keine Sehkraft besaß. Seine Geschichte, wie er als kleiner Junge bereits seine Begeisterung für gutes Essen entdeckt hatte und wie er seine Familie überrascht hatte, indem er auch ohne Augenlicht und nur mit etwas Hilfestellung fantastische Kuchen und Törtchen herstellte, berührte mich und die anderen Gäste sehr.

Jemand meinte so, dass wir es alle hören konnten: »Also, ich finde ja Kochen MIT Augenlicht schon schwer genug.« Und wir lachten herzlich. »Es ist einfacher, als ihr denkt«, beruhigte uns Stefano.

»Doch natürlich braucht es, wie auch mein übriges Leben, eine gewisse Vorplanung.« Man merkte seiner Stimme an, dass er grinste. »Das große, scharfe Messer sollte zum Beispiel nicht unbedingt heute an dem Platz liegen, an dem gestern der Kochlöffel lag.« Wieder mitfühlendes Lachen. Wir stellten uns alle vor, wie dieser sympathische Mann sein Leben meisterte. Und wie viele andere es da draußen gab, denen es genauso ging wie ihm.

Wie wenig ich über diese Welt wusste, dachte ich.

Wie lange es wohl dauerte, bis man sich blind in der eigenen Wohnung oder Stadt zurechtfand? Und was für eine Leistung blinde Menschen jedes Mal vollbrachten, wenn sie zum ersten Mal ganz neue Wege gingen! Auf dem Platz mir direkt gegenüber vernahm ich die markante Stimme der Frau. Sie schien die gleichen Gedanken zu haben wie ich.

Unser Menü an diesem Abend bestand aus drei Gängen. Stefano, Sofia und Teresa hatten absichtlich vorher nicht verraten, welche Gerichte aufgetischt würden. Wir sollten es erraten bzw. erschmecken. Doch bevor es losging, ließ uns Stefano erst noch einmal richtig ankommen. Er lud uns ein, mit Bewusstsein zunächst unseren Teller zu erfühlen, der vor uns stand, sowie auch das Besteck und die Gläser … Schon klirrte es hier und da.

»Nicht schlimm«, beruhigte uns Stefano. »Vollzieht einfach ganz langsame und achtsame Bewegungen. Dann fällt nichts um.« »Schon passiert«, flüsterte jemand und kicherte leise. Stefano hatte es gehört. »Das ist ganz normal«, meinte er freundlich. »Stell dein Glas einfach langsam wieder auf.« So verbrachten wir eine Weile mit Tasten und Wahrnehmen. Hatte ich jemals einen Teller auf diese Weise gefühlt?

Mir war bewusst gewesen, dass Teller, die frisch aus der Spülmaschine kamen, warm waren und solche, die aus dem Schrank genommen wurden, dagegen kühler. Dieser Teller hier hatte Raumtemperatur, fiel mir auf. Er war sogar leicht gewärmt. Im Innenteil war er glatt und ringsherum hatte er kleine Erhebungen als Muster. Ob es Blumen waren oder etwas anderes, vermochte ich nicht zu sagen. Eine ganze Weile widmete ich mich meinem Teller, spürte der Kante an seiner Unterseite sowie der gesamten Größe und Form genau nach. Nachdem ich den Teller wieder abgesetzt hatte, ließ ich meine rechte Hand langsam dorthin gleiten, wo ich das Besteck vermutete. Tatsächlich, da lag es. Es war deutlich kühler als der Teller … Vorsichtig ließ ich meine Finger über das Messer, die Gabel und den Löffel gleiten. Sie fühlten sich wertig an. Waren sie aus Silber? »Nehmt ruhig alles in die Hand, was ihr genauer erforschen wollt. Auch den Salz- und Pfefferstreuer«, inspirierte uns Stefano.

»Nur von euren Sitznachbarn lasst bitte die Finger«, meinte er schmunzelnd. Wir lachten alle. Ich suchte mir den Löffel aus. Seine Rundung faszinierte mich. Zum ersten Mal in meinem Leben dachte ich darüber nach, wer eigentlich herausgefunden hatte, wie ein Löffel geformt sein musste, damit man optimal damit essen konnte. Oder auch die Anzahl der Zacken einer Gabel. Die Rillen in der Schneide eines Messers … Über all diese Dinge hatte sich jemand intensive Gedanken gemacht und hatte geforscht, getestet, verworfen, verfeinert. Und das Ganze über

Jahrzehnte und Jahrhunderte hinweg. Genial. Zum Schluss strich ich noch über das Wein- und das Wasserglas. Auch hier bemerkte ich die Unterschiede in Größe und Form, die man natürlich kannte, wenn man solche Gläser schon öfters in Händen gehalten hatte. Doch sie ohne den Sehsinn zu »betrachten«, war noch einmal etwas ganz anderes. Ich bemerkte die Unterschiede in der Dicke, und ich hörte ihren unterschiedlichen Klang, als ich vorsichtig mit den Fingern dagegenschnippte. »Sehr gut, Anna«, lobte mich Stefano.

»Wir können heute Abend nicht nur fühlen, schmecken und riechen, sondern auch hören! Wie hört sich etwas an, das ihr schneidet oder kaut?« Ich freute mich über sein Lob.

Der Aperitif wurde uns gebracht. Von der Form her erkannte ich ein Sektglas, als ich es vorsichtig in die Hand nahm. Sofia, Stefano und Teresa hatten uns die Getränke persönlich überreicht. Gut so, denn schon das erste Abstellen der Gläser wurde zum Wagnis, wie wir alle amüsiert feststellten. Woher sollte man wissen, wo noch Platz auf dem Tisch war? Man konnte es nur ausprobieren und die andere Hand zu Hilfe nehmen, um es auf der Tischdecke zu ertasten. Und was war nun im Glas drin? Ich schmeckte Prosecco und eine Süße, die mich an Holundersirup erinnerte. Vielleicht auch etwas Zitrone oder Limette? Da hörte es auch schon auf mit der deutlichen

Unterscheidung. Auf jeden Fall war das Prickeln des Proseccos und der zarte Nachgeschmack viel deutlicher wahrzunehmen, als ich es sonst kannte. Interessant! Mir kam der Gedanke, beim nächsten Geburtstag meinen Gästen zumindest beim Anstoßen kurz die Augen zu verbinden. Das würde vielleicht allen Spaß machen, den Prosecco einmal auf andere Weise wahrzunehmen.

Nach dem Aperitif gab es Wasser und auf Wunsch einen Rot- oder Weißwein. Ich entschied mich für den Weißwein. Auch hier war es ähnlich wie beim Prosecco. Dadurch, dass ich mich rein auf den Geschmack konzentrierte, auf die intensive Wahrnehmung dessen, was »da« war, wirkten die Eindrücke umso stärker. Der Wein war leicht und dabei doch rund und vollmundig. Ich meinte, eine feine Pfirsichnote herauszuschmecken. Oder war es Nektarine? Ganz eindeutig war es für mich nicht. Sogar etwas Einfaches wie das Trinken von stillem Wasser wurde durch das reine Fühlen und Schmecken zu einem Erlebnis.

Dann hörten wir, wie die Tür zur Küche wieder aufging und noch bevor Sofia, Teresa, Francesco oder Stefano zu uns an den Tisch kommen konnten, konnte ich den Duft wahrnehmen, der uns entgegenströmte. Was würde es sein, das sie uns gleich auftischten? Die Teller, die vor uns hingestellt wurden, waren schon gefüllt und verströmten ebenso ein herrliches Aroma.

»Nehmt auch hier zunächst eure Hände zu Hilfe. Fühlt die Form des Tellers. Vielleicht könnt ihr daraus schließen, welches Werkzeug ihr zuerst benutzen solltet«, riet uns Stefano lächelnd. Ich fühlte die Rundung des Tellers. Ein tiefer Teller also. Wo lag der Löffel noch mal? Essen im Dunkeln brauchte etwas Zeit und Ruhe, stellte ich fest. Denn wenn der Löffel erst einmal in der Hand lag und in den Teller vor einem getaucht war, galt es immer noch, den Weg zum Mund zu finden. Auch eine echte Aufgabe für sich. Wieder gab es Lachen am Tisch. Ich stellte schon bei diesem Lachen fest, wie sehr ich die Dame auf dem Platz mir gegenüber sympathisch fand. Dabei wusste ich doch gar nichts über sie.

»Könnte ich bitte ein Lätzchen haben?«, fragte jemand. »Und auch etwas für den Schoß?« Heiter und gleichzeitig konzentriert auf unsere Sinne löffelten wir die Suppe. Wir waren uns alle einig, dass sie ein Gedicht war.

»Probiert einmal herauszufinden, was ihr alles herausschmeckt«, lud uns Stefano ein. Nach und nach konnte ich das Gemüse wahrnehmen. Waren es zarte, kleine Karottenwürfel? Oder Kartoffelstücke? Und was sich glatt und weich anfühlte, war das Zucchini? Mir fiel auf, dass ich die Suppe einmal als Ganzes wahrnahm und einmal in ihren Bestandteilen, je nachdem, worauf ich meine Aufmerksamkeit

lenkte. So hatte ich Suppe noch nie gegessen.
Ich griff nach der Serviette und kam dabei an die Hand meines Sitznachbarn zu meiner Rechten. Dass es ein Mann war, hatte ich gehört, als er kurz gelacht hatte und zu der Dame, die ihm gegenübersaß, wenige Worte gesagt hatte.
»Verzeihung«, entschuldigte ich mich schnell. »Kein Problem«, meinte er. Seine Stimme erinnerte mich an einen Schauspieler oder besser gesagt, dessen Synchronstimme. Wer war es noch mal? George Clooney? Ich wartete gespannt darauf, dass er wieder den Mund aufmachte. Schließlich konnte ich ihn ja nicht bitten: »Sagen Sie noch mal was, damit ich weiß, an wen Sie mich erinnern!« Fast hätte ich aufgelacht bei dieser Vorstellung.
Wir aßen schweigend weiter, bis die Teller leer waren, was wir ja auch nicht sehen konnten, sondern erst durch leichtes Anheben der Teller und mehrmaliges Schöpfen mit den Löffeln bemerkten. Von nichts kam nichts! Wieder erheiterte uns das sehr. Und dann kam der Hauptgang. Ein Risotto, wie wir uns alle schnell einig waren, und zwar »al Tartufo«, mit frischen, gehobelten Trüffel. Wie es schon duftete! Und dann der Geschmack, der sich im Mund noch weiter entwickelte … Ein wahres Fest.
Jeder von uns wollte, dass dieser Teller niemals endete … Wieder hatte Stefano ein Kunstwerk geschaffen. Wir waren alle schon mehr als satt, doch

die Nachspeise durfte natürlich nicht fehlen, wie uns der Koch mitteilte. Dazu hatte er sich eine »Granita« ausgedacht. Sie wurde in kleinen Schalen serviert. Am anderen Ende des Tisches hatte jemand erfühlt, dass es Glas und kein Porzellan war. Wow, dachte ich, so weit ging meine Feinfühligkeit noch nicht. Darin war eine gefrorene Mandelgranita, die Stefano aus den heimischen Mandeln selbst hergestellt hatte. Auch sie war perfekt komponiert. Nicht zu süß und nicht zu »marzipanig«. Der Limoncello danach rundete diese einzigartige Erfahrung mit seiner frischen Säure ab.

Ich fühlte mich wie ein Kind im Schlaraffenland, reich beschenkt an Sinneserfahrungen, die ich vorher noch nie in der Form gemacht hatte.

Nach dem Essen nahmen wir alle die Augenbinden ab. Wir erhoben uns und gaben Stefano einen lauten und lang anhaltenden Applaus. Er war sichtlich erfreut. Und auch Teresa und Francesco strahlten. Selbst auf Sofias Gesicht lag ein freudiges Leuchten. Man sah ihr an, dass Events wie diese ihr großen Spaß machten und sie genauso erfüllten, wie ihre Gäste.

Wer mochte, bekam noch einen Espresso.

Fast alle sagten Ja.

Die Dame mit der markanten Stimme mir gegenüber war tatsächlich die im schwarzen Kostüm und der roten Bluse. Sie hieß Angela und war die Bür-

germeisterin einer Stadt, die eine Dreiviertelstunde entfernt lag. Ich fand es spannend, dass sie als Frau diese leitende Rolle übernommen hatte – und ihr das Amt auch anvertraut worden war, in einem Land, das bekanntermaßen noch sehr traditionell und konservativ war. Wir kamen ins Gespräch und auch sie schien mich sehr sympathisch zu finden. Sie fragte mehrmals nach, als ich ihr von unserem Konzern und meinen Aufgaben erzählte.
Der Herr neben mir sah nicht aus wie ein Schauspieler. Er war ein untersetzter Herr im Pensionsalter mit wenig Haar, dafür mit vielen Lachfältchen um die Augen. Wir scherzten miteinander, denn er gab zu, dass er gerne Schauspieler geworden wäre.
Durch das gemeinsame Mahl, wenn auch mit verbundenen Augen, waren wir uns so vertraut, dass diese persönlichen Offenbarungen keine Überwindung kosteten. »Darf ich eine Frage stellen«, fragte eine Frau aus der Runde, und Stefano war sehr erfreut. Er ermunterte uns, ihm alle Fragen zu stellen, die uns auf den Nägeln brannten. Wir sollten uns keinesfalls zurückhalten.
»Ihr glaubt nicht, was ich alles schon gefragt wurde«, meinte er mit einem Augenzwinkern. Tatsächlich stand er Rede und Antwort und erzählte ganz offen, wie er sich in der Küche zurechtfand oder bei Einladungen zu Kochwettbewerben. Er berichtete auch offen von Fehlern und Momenten des Schei-

terns sowie tiefster Verzweiflung in den ersten Jahren seiner Karriere. Stefano erklärte uns in klaren, warmen Worten, wie er sein Leben meisterte. Er hatte das große Glück, eine wunderbare Frau an seiner Seite zu haben und einen achtsamen Freundeskreis.

Eine Dame hob die Hand, die bisher noch nichts gesagt hatte. Sie hatte dunkles, kurzes Haar mit feinen grauen Strähnen darin.

»Stefano, wie möchten Sie behandelt werden«, fragte sie. In diesem Moment wurde es ganz still im Raum. Denn war es nicht genau das, was uns alle am meisten bewegte, wenn wir Menschen mit einem Handikap oder einer Behinderung begegneten? Wie damit umgehen? Stefano blieb auch bei dieser Frage ganz der, der er war. Er sagte nur einen Satz:

»Ich möchte einfach wie ein normaler Mensch behandelt werden.«

Ich schluckte. Auch die anderen waren leise. Bestimmt hatte der eine oder andere von uns Situationen erlebt, wo uns genau dies nicht gelungen war.

»Weitere Fragen«, fragte Stefano heiter und lächelte uns herzlich an. Doch es gab nichts, was dem noch hinzuzufügen gewesen wäre. Wenige Minuten später fuhr Angelas Fahrer vor, um sie nach Hause zu bringen. Francesco kam herein und gab ihr Bescheid. Angela nickte, bedankte sich und beugte sich plötzlich zu mir herüber.

»Anna, was halten Sie davon, wenn wir beide morgen Mittag zusammen essen gehen?« Ich war sprachlos. Eine so viel beschäftigte Frau wie sie wollte Zeit mit mir verbringen? Voller Freude sagte ich zu. »Prima!«, meinte sie. »Ernesto und ich holen Sie morgen um 13 Uhr hier ab. Würde Ihnen das passen?«
Natürlich passte mir das. Ich freute mich sehr. Angela wurde sehr respektvoll und herzlich von allen im Raum verabschiedet, winkte noch einmal und ging.
»Sie ist eine sehr besondere Frau«, sagte Teresa später zu mir, als ich mich auch von ihr verabschiedete und mich für den wunderbaren Abend bedankte.«
Sofia, die neben uns stand, nickte.
»Von Angela können alle Frauen viel lernen.« Ich nickte. Noch ahnte ich nicht, dass der kommende Mittag mit ihr auch in meinem Leben etwas Entscheidendes ins Rollen bringen würde. Wir wünschten uns alle eine gute Nacht und ich ging auf mein Zimmer.
Ich freute mich schon darauf, Andreas zu hören und ihm alles zu erzählen. Kurze Zeit später hatte ich ihn am Ohr. Es war mir kaum möglich, die vielen Sinneseindrücke zu beschreiben. Doch Andreas verstand auch so, dass mich dieser Abend sehr bewegt hatte.
Nachdem wir uns verabschiedet und eine gute Nacht gewünscht hatten, setzte ich mich noch ein wenig

auf den Balkon.
Draußen war alles still. Selbst die Zikaden waren schon verstummt. Ich lauschte in die Natur. Meine Ohren und auch meine Augen schienen nach den Stunden mit Stefano und den anderen um ein Vielfaches geschärft. So, als hätte ich die Welt heute noch einmal neu entdeckt und erst jetzt die volle Kraft und das gesamte Potenzial aller meiner Sinne erhalten. Hoffentlich konnte ich dies noch eine ganze Weile mitnehmen!
Sonst müssen Andreas und ich ab und zu einfach mal blind kochen, dachte ich innerlich schmunzelnd. Eigentlich eine gute Idee. Dann wurde ich ernst, denn mir war noch ein Gedanke gekommen. Wie schnell bemitleideten wir jemanden, der mit einer schwarzgelben Binde mit drei Punkten am Arm und einem Blindenstock durch die Stadt lief, machten demjenigen Platz und dachten vielleicht »der Arme« oder »die Arme«. Ganz ohne Frage war das Leben ohne Sehkraft extrem herausfordernd und sicher auch erschöpfend, gerade wenn der überwiegende Teil in einem Raum oder auf einer Straße aus »sehenden« Menschen bestand. Gleichzeitig war das Visuelle in unserem Leben sehr übermächtig. Es lenkte uns total leicht von vielen Nuancen ab, die auch da waren, ohne dass wir uns dessen immer bewusst waren. Dies beraubt uns einer noch größeren und schöneren Erfahrung im Leben, dachte ich. In dem Moment ka-

men mir erste Ideen, wie ich dieses Erlebnis auch in unser Team einbringen könnte im Büro.
Doch da ich mir den wunderschönen Abend nicht selbst verderben wollte, indem ich schon wieder zu geschäftig wurde, machte ich mir nur eine schnelle Notiz, blieb noch eine Weile in der warmen Stille sitzen und ging glücklich und zufrieden schlafen.

WORAUF MÖCHTEST DU IN ZUKUNFT MEHR ACHTEN?

3

KAPITEL

RECHT AUF ANERKENNUNG

Das Meistern von schwierigen Momenten schafft das Bewusstsein für die eigene Stärke.

——— Als ich am nächsten Morgen erwachte, hörte ich leises Vogelzwitschern. Wie schön das klang. Zu gern hätte ich gewusst, was das Gesprächsthema dieser fröhlichen Konversation war. Unter den Gesang mischte sich ein feines Rascheln. Waren das etwa die Olivenbäume? Aber die standen doch viel zu weit weg, oder? Neugierig schlug ich die Decke zurück, schwang mich aus dem Bett und lief nach draußen auf den Balkon. Tatsächlich. Leichter Wind bewegte die Blätter und sorgte so für das kaum wahrnehmbare Geräusch. Ich war beeindruckt von der Feinheit meines Gehörs. Lag das an dem Abend mit Stefano? Hatte das bewusste Hinspüren meine Sinne geschärft?

Es hatte alles so gut geschmeckt, auch der Wein. An ihm hätte auch Andreas seine wahre Freude gehabt. Im Gegensatz zu mir war er ein echter Weinkenner und gab gern mal einen höheren Preis für eine Flasche aus. Ich bedauerte es, ihm keine Auswahl im Handgepäck mitbringen zu können. Nach meiner Rückkehr würde ich ihm ein paar Flaschen bestellen. Das würde ihn sicher freuen. Und von dem Olivenöl bestellte ich am besten gleich etwas mit!

Ich musste daran denken, dass Andreas und ich schon

oft darüber gesprochen hatten, wie viel die Dinge des Alltags kosten durften. Ich als Controllerin achtete natürlich auch im privaten Bereich sehr darauf, nicht zu viel auszugeben und achtsam mit unseren Ressourcen umzugehen. Das lag mir einfach im Blut. Ehrlich gesagt, war es mir eine Flasche Wein auch nicht wert, mehr als einen bestimmten Betrag dafür auszugeben. Die Schwelle lag für mich im Vergleich zu vielen Menschen meines Umfelds sogar sehr niedrig. Doch der Genuss des Weines gestern hatte mir gezeigt, dass es da noch etwas anderes gab. Wein war eine Welt für sich, die es zu entdecken lohnte. Sicher waren die Flaschen nicht mal sündhaft teuer. Den Eindruck machte der Agriturismo nicht auf mich. Doch einen gewissen Preis hatten sie ganz bestimmt.

Ich bemerkte mit Erstaunen, dass ich diesmal gar kein Bedürfnis hatte, zuerst den Preis zu überprüfen, bevor ich weiter über die Bestellung nachdachte. Der Geschmack war seinen Preis auf jeden Fall wert, und ich wollte Andreas unbedingt diese Freude machen.

Und für dich, Anna, hörte ich plötzlich eine leise Stimme in mir. Womit könntest du dir eine Freude machen?

Ich wollte den Gedanken schon beiseitewischen, doch er blieb hartnäckig. Ich beschenkte gern andere Menschen und machte mir nicht viel daraus, mir selbst etwas zu gönnen. Viele meiner Freundinnen und Kolleginnen gingen regelmäßig zur Kosmetik oder zur Massage. Dazu fand ich entweder nicht die Zeit oder wollte das Geld nicht dafür ausgeben, obwohl ich insgeheim wusste, dass es mir guttun würde.

Für dich, Anna. Etwas nur für dich, hörte ich die Stimme wieder. Ich seufzte und gab mich geschlagen. Also gut, sicherte ich mir innerlich zu. Ich würde die Augen offenhalten. Und wer weiß, vielleicht fand ich ja wirklich etwas Schönes ganz allein für mich auf dieser Reise. Mit diesem Gedanken gab sich meine innere Stimme endlich zufrieden.

Bis zum Treffen mit Angela blieb noch viel Zeit. Ich widerstand der Versuchung, mein Tablet zu holen und meine E-Mails zu checken. Es war noch früh. Was sollte in den paar Stunden, seit die ersten Kollegen ins Büro gekommen waren, passiert sein? Wenn es wirklich etwas Dringendes gab, würde ich eine WhatsApp-Nachricht erhalten. Das hatten wir für Urlaubszeiten so vereinbart.

Ich atmete tief durch und genoss noch einmal das freie Gefühl des beginnenden Tags. Die Morgensonne überzog die Rosen und den Oleander mit einem goldenen Schimmer. Ich freute mich auf einen leckeren Cappuccino. Nach einer kurzen, erfrischenden Dusche lief ich in die untere Etage.

»Guten Morgen, Anna! Haben Sie gut geschlafen?«

fragte mich Teresa. Sie wirkte immer erfreut, wenn sie mich sah. Das war keine Selbstverständlichkeit, stellte ich fest, wenn ich an frühere Aufenthalte in Hotels oder Pensionen dachte.

»Ach, übrigens, Sie können Ihr Gepäck gerne bis heute Nachmittag in Ihrem Zimmer lassen. Vielleicht möchten Sie sich nach dem Treffen mit Angela ja noch etwas ausruhen und sich frisch machen, bevor Sie weiterfahren.« Dankbar nahm ich ihr großzügiges Angebot an. Kurze Zeit später stellte mir Teresa draußen im Garten eine duftende Tasse auf den Tisch.

»Falls Sie sich übrigens fragen, warum der Cappuccino nicht so heiß ist wie schwarzer Kaffee – das muss so sein«, sagte sie. Ich sah sie neugierig an. Denn tatsächlich war mir das schon mehrfach aufgefallen. Ich hatte meine Tasse sogar einmal zurückgehen lassen und eine neue bestellt, genau aus diesem Grund.

»Wenn die Temperatur zu hoch ist, wird die Milch bitter«, erklärte mir Teresa. Hätte ich das bloß damals gewusst! Ich schämte mich im Nachhinein, als ich daran dachte, wie pampig ich zu dem Kellner gewesen war. Er hatte mir ohne Kommentar eine neue Tasse gebracht, die allerdings nicht viel heißer gewesen war. Und das alles nur, weil ich keine Ahnung gehabt hatte. Obwohl der Vorfall schon einige Jahre zurücklag, war mir die Erinnerung noch äußerst unangenehm und ich nahm mir vor, in Zukunft nach dem Grund für eine Sache zu fragen. Als meine Tasse leer war – ich hatte sie nach dem gestrigen Abend mit besonderer Aufmerksamkeit genossen –, bekam ich Lust, eine kleine Wanderung zu unternehmen. Der Weg, der von hier oben ins Tal führte, sah verlockend aus. Bestimmt konnte ich unterwegs ein paar stimmungsvolle Fotos machen. Die Sonne hatte inzwischen deutlich mehr Kraft, doch die Temperatur war angenehm. Nur mit einer Flasche Wasser und meinem Handy im Gepäck lief ich den Berg hinab, neugierig, was mich hinter der nächsten Biegung erwartete. Ein paar Ziegen grasten ohne Aufsicht auf einer Weide, ich vernahm das leise Klingeln ihrer Glöckchen. Bienen summten und ein paar Zikaden hatten sich in den Bäumen zu einem kleinen Konzert versammelt. Ein älteres Ehepaar arbeitete im Feld. Beide grüßten mich freundlich. Der Herr hob leicht seinen Hut an und lächelte. Ein echter Gentleman, dachte ich erfreut. Ich winkte ihnen zu und lief weiter. Bis zum Meer hinunter war es zu weit, doch ein Plateau aus kleinen hellen Felsen lud mich zum Verweilen ein. Ich setzte mich auf die warmen Steine und atmete tief durch. Was für ein wunderbares Fleckchen Erde hier. Fast zu schade, um schon wieder abzureisen.

Es war überhaupt sehr ungewöhnlich für mich, im Urlaub nur für so kurze Zeit an einem Ort zu bleiben. Aber war nicht diese ganze Reise ein neues Abenteuer für mich?

Als ich auf die Uhr sah, bemerkte ich, dass bereits eineinhalb Stunden vergangen waren. Ich sollte den Rückweg antreten, denn jeder Schritt, den ich gegangen war, wollte auch wieder bergauf getan werden. Packen wollte ich ebenfalls noch. Und auf keinen Fall mochte ich Angela mit staubigen Hosen und einem verschwitzten T-Shirt gegenübertreten! Ein wenig atemlos kam ich zurück. Lange Bergauf-Strecken war ich nicht mehr gewöhnt. Doch ich spürte auch, wie froh mich dieser Ausflug gemacht hatte. Ich sollte öfters in die Natur gehen.
Zum Glück hatte ich meinen dunkelblauen Seidenschal mit den weißen Pünktchen mitgenommen, stellte ich fest, als ich meinen Koffer nach einem passenden Outfit durchsuchte. Zusammen mit meiner hellen Bluse, dunkelblauen Jeans und einem cremefarbenen Pullover über die Schultern war das doch ganz ordentlich. Angelas Schick war für mich sowieso nicht erreichbar, dachte ich. Was du immer denkst, hörte ich die Stimme wieder in mir. Stimmt doch, gab ich ein wenig trotzig zurück. Und musste über diesen merkwürdigen Dialog lachen, den niemand außer mir hören konnte. »Angelas Wagen ist schon da. Viel Spaß Ihnen beiden und guten Appetit«, rief Teresa, als ich an ihr vorbeilief. Ich winkte ihr eilig. Es war mir unangenehm, dass ich die Bürgermeisterin hatte warten lassen. »Alles in Ordnung. Wir waren ein paar Minuten früher da«, meinte Ange-

la völlig unbekümmert, als ich mich zu ihr auf die Rückbank setzte und mich entschuldigte. Ihr Fahrer Ernesto hatte mir die Tür aufgehalten und sie hinter mir geschlossen. Es war eine Geste, die ihm nicht viel Mühe zu machen schien, doch ich merkte, wie gut sie sich für mich anfühlte. Ich erzählte Angela, dass ich noch einen langen Spaziergang gemacht und völlig die Zeit vergessen hatte. Angela lachte.

»Das kenne ich nur zu gut!« Sie erzählte mir von einem Besuch in Palermo, bei dem sie in einer alteingesessenen Buchhandlung abgetaucht war.

»Ein Bildband war schöner als der andere! Ich hatte mich in einer Ecke in einen großen Sessel gesetzt und war so in die Lektüre versunken, dass meine Begleiter mich nicht mehr finden konnten. Sie dachten, ich sei gekidnappt worden! Was für ein Aufruhr. Weißt du noch, Ernesto«, fragte sie den Fahrer. Der ältere Herr nickte.

»Wir sind Menschen, oder nicht«, fragte mich Angela. »Wir sind auch mal unpünktlich. Wir sind unausgeschlafen. Wir haben nicht jeden Tag die beste Laune oder die stärksten Nerven. Und das ist gut so!«

Ich mochte diese Frau sehr. Sie umgab etwas unglaublich Freies und eine starke Selbstbestimmtheit. Beruhigt hatte ich festgestellt, dass sie in Jeans gekommen war. Natürlich nicht irgendeine Jeans, aber immerhin. Dazu trug sie eine pinkfarbene Bluse, ein oranges Seidentuch und eine Kette, in der sich genau die-

se beiden Farben widerspiegelten. Sie sah umwerfend aus. Bestimmt hatte sie eine Typberatung gemacht. Für ihre Position war das sicherlich von Vorteil.
Man kann auch einfach so zur Typberatung gehen, für sich und die eigene Freude, flüsterte meine innere Stimme. Sie hatte recht, doch ich gab ihr zu verstehen, jetzt endlich mal still zu sein, und ich sah Angela an.
»Es ist eine große Ehre für mich, dass Sie sich heute die Zeit nehmen. Vielen Dank.« Angela hob die Brauen und sah mich gespielt entrüstet an. »Ich bin schließlich die Bürgermeisterin und ich entscheide, was ich mit meiner Zeit mache!« Wir lachten und Ernesto fuhr los.
»Ich habe mir überlegt, dass wir in ein kleines nettes Restaurant gehen könnten«, erklärte mir Angela unterwegs.
»Ich kenne Lillo, den Inhaber, persönlich. Das Essen ist vorzüglich. Außerdem sind wir dort ganz für uns und können ungestört sprechen. Was halten Sie davon?« Ich nickte begeistert. Für mich passte alles, was diese Frau aussuchte. Ich konnte mir gar nicht vorstellen, dass Angela eine Wahl traf, die nicht gut oder stimmig war. Wie machte sie das nur, eine solch natürliche Souveränität und dabei absolute Leichtigkeit auszustrahlen? Mit jedem Moment, den ich mit ihr verbringen durfte, schloss ich sie mehr in mein Herz. Als ginge es ihr genauso, beugte sie sich zu mir

herüber: »Wollen wir ‚du' sagen? Ich bin Angela.« Sie streckte mir die Hand hin.

Ein Glücksgefühl überkam mich, als sich unsere Hände berührten. »Anna.«

Der kleine Strandparkplatz, an dem Ernesto uns hinausließ, ähnelte dem, den ich am Vortag durch Teresas Tipp entdeckt hatte. Ernesto selbst blieb am Wagen. Er machte einen ruhigen und vertrauenswürdigen Eindruck auf mich. Vom Alter her schätzte ich ihn auf Anfang 60. Mir gefiel die Art, wie Angela mit ihm sprach: freundlich und klar. Nicht von oben herab. Und doch war eindeutig, dass sie die Vorgesetzte war. Angela schien zu bemerken, was ich dachte. Wir liefen gemeinsam den sandigen Pfad zum Meer entlang. »Ich bin sehr froh, ihn an meiner Seite zu haben«, erzählte sie mir.

»Zu Beginn meiner Amtsperiode gab es viele Männer, die ihn fragten, wenn sie etwas wissen wollten. Nicht mich. Interessant, oder?« Ich sah sie entgeistert an. »Das gibt´s doch nicht. Schließlich bist du die Bürgermeisterin!« Sie lächelte, doch es lag etwas Ernstes in ihren Augen. »Es war nun mal etwas Neues, eine Frau als Bürgermeister. Daher hatte ich sogar Verständnis und nahm es nicht persönlich.« Ich hatte schon vermutet, dass es in einem traditionsbewussten Land wie diesem nicht einfach war, als Frau eine solche Stellung an der Führungsspitze einer Stadtregierung einzunehmen. Dass Angela es überhaupt ge-

schafft hatte, so weit zu kommen, grenzte für mich an ein Wunder.
»Und wie hast du reagiert«, fragte ich neugierig. »Entschuldige, wenn ich damit indiskret werde. Das möchte ich nicht«, fügte ich schnell hinzu.
Sie beantwortete meine Frage ganz offen. »Ich wusste ja, was auf mich zukommt, darum ging ich souverän damit um und dachte: Okay, wenn sie ein Spiel brauchen, spielen wir eben ein Spiel!'« Ich verstand nicht gleich, was sie meinte. »Ich habe Ernesto antworten lassen«, erklärte sie mir bereitwillig. »Natürlich keine Details. Er hat einfach irgendetwas gesagt, um ihnen das Gefühl zu geben, dass wir sie ernst nehmen. Und dann hat er zügig und elegant zu mir übergeleitet. Mit der Zeit haben sie das kapiert und damit aufgehört.«
Sie sah mich an. »Weißt du, Anna, die Mehrheit der Menschen möchte gesehen und verstanden werden, wahrgenommen werden in ihren Sorgen und ihren Anliegen. Wenn du deinem größten Feind dieses Gefühl gibst, schmilzt er dahin wie ein Eis in der Sonne. Na ja, fast!« Sie lachte über ihren eigenen Scherz. Erneut spürte ich, wie ich ihre unabhängige Ausstrahlung bewunderte.
Wir betraten das kleine schicke Restaurant, das in frischem Weiß und Blau angestrichen war. Lillo, der Inhaber, begrüßte Angela herzlich und zugleich voller Respekt. Auch mir reichte er freundlich die Hand.

Danach ließ er uns wissen, was seine Mittagskarte zu bieten hatte: Zur Vorspeise eine Bruschetta mit Pachino-Tomaten und einen Fenchelsalat mit Orangen. Danach Couscous mit Meeresfrüchten. Und wenn wir wollten, gab es zum Dessert noch eine Granita al caffè. Ich fand, dass das ganz wunderbar klang, und auch Angela war einverstanden. Lillo verschwand in die Küche.

»Es ist schön hier«, gab ich Angela zu verstehen. »In sehr teuren Restaurants fühle ich mich manchmal ein bisschen verloren und fehl am Platz«, gab ich offen zu. Warum hatte ich das gesagt? Es war mir einfach so herausgerutscht. Doch es stimmte.

Angela lächelte verständnisvoll. »Ich kenne das Gefühl. Weißt du, letztlich sind das alles Bühnen. Jeder Ort, an dem wir uns bewegen, ist eine Bühne. Manchmal eine kleine, manchmal eine größere. Ich persönlich habe die Erfahrung gemacht, dass es hilfreich ist, wenn wir uns mit den verschiedensten Bühnen vertraut machen. Wenn wir auf ihnen spielen lernen. Im beruflichen Leben und auch in unserem Familien- und Freundeskreis. Das stärkt unsere Sicherheit und unser Selbstbewusstsein. Verstehst du, was ich meine?« Ja, das verstand ich. Ich erinnerte mich, dass ich während der Schulzeit von einer Lehrerin gefragt worden war, ob ich gern in die Schauspiel-AG kommen mochte. Ich hatte Nein gesagt und Zeitgründe vorgeschoben. In Wirklichkeit hatte ich mich nicht getraut. Diejenigen, die in der AG waren und auf den Schulfesten öffentlich Stücke aufführten, waren viel selbstsicherer gewesen als ich. Zumindest war es mir so vorgekommen. Ich erzählte Angela davon.

Sie nickte verständnisvoll.

»Ich habe lernen dürfen, dass es manchmal nur so scheint, als verfügten die anderen über eine größere Selbstsicherheit. Lampenfieber haben wir alle, sogar die großen Stars! Und ein gewisses Lampenfieber gehört dazu, damit wir wirklich gut sein können. Ich selbst habe als junge Frau auch Schauspielunterricht gehabt und in einigen Theaterstücken gespielt. Mir hat das immer großen Spaß gemacht und es hat mich tatsächlich selbstbewusster werden lassen und mir meine Stärken vor Augen geführt«, fügte sie hinzu.

Ich konnte mir gar nicht vorstellen, dass es mal eine Angela gegeben hatte, die nicht über das heutige Selbstbewusstsein verfügte. Der Gedanke, dass es offensichtlich so gewesen war, machte mir Mut. Lillo brachte unsere Getränke, stilles Wasser und einen leichten Weißwein. Wir stießen mit den Gläsern an.

»Und das Schauspiel hat mir auch in einer anderen sehr wichtigen Sache geholfen«, fuhr sie fort. Ich sah sie gespannt an. »Ich habe dadurch gelernt, unterschiedliche Perspektiven einzunehmen. Die einzelnen Rollen haben mir gezeigt, wie jemand denkt und fühlt, der mit mir und meiner Art zu leben nur wenig oder auch gar nichts gemeinsam hat. Das hilft mir heute in meiner Position in hohem Maße. Und es hat mich mutiger gemacht, immer mal Neues auszuprobieren und andere Wege zu gehen!« Sie lächelte. »Vielleicht sollte ich es auch mal mit ein paar Schauspielstunden versuchen«, sagte ich lächelnd. Tatsächlich war die Idee, wenn ich näher darüber nachdachte, gar nicht so abwegig. Was Angela erzählt hatte, hatte mir Lust gemacht, mich mit diesem Thema doch einmal zu beschäftigen. In unserem Viertel gab es eine sympathische Dame, die regelmäßig Improvisations- und Theaterkurse anbot sowie Stimmtraining und Workshops gegen Lampenfieber vor Präsentationen. Du solltest dich auf ihrer Website einfach mal umsehen, sagte meine innere Stimme begeistert.

Angela nickte bekräftigend und sah aufs Meer hinaus. »Ich hatte großes Glück. Nicht jede meiner Freundinnen durfte Schauspielunterricht nehmen. Ihre Eltern fanden das teilweise schamlos und verpönt, gerade die modernen Inszenierungen. Mein Vater und meine Mutter dagegen waren einerseits traditionsbewusst und gleichzeitig große Freigeister. Ich bin ihnen noch heute dankbar, dass sie mir die Stunden bezahlt haben.« Sie blickte mich verschwörerisch an. »Die beiden waren toll! Sie gingen schon als junges Paar in der Öffentlichkeit miteinander aus, obwohl das damals ein No-Go war, weil sie nicht verheiratet waren. Sie haben es einfach getan!« Angela strahlte. Man sah ihr an, wie sehr sie ihre Eltern liebte. Ich

schüttelte fasziniert den Kopf. Es gehörte wirklich eine Menge Mut dazu, sich gegen die Traditionen und Regeln des eigenen Landes zu stellen. In dem kleinen Ort, aus dem ich stammte, war es schon ein Regelbruch, wenn samstags abends der Bürgersteig vor dem eigenen Haus noch nicht sauber gekehrt war … Lillo brachte uns die Antipasti, die sehr köstlich aussahen. Und wie gut alles duftete!
Wieder stellte ich fest, wie intensiv meine Wahrnehmung heute war. Selbst das Salz des Meeres, das ab und an herüberwehte, konnte ich deutlich riechen. Wir wünschten uns einen guten Appetit und begannen zu essen.
»Geheiratet hat mein Vater meine Mutter dann natürlich auch«, fuhr sie fort. »Aber erst später. Er hat sich nicht drängen lassen, von niemandem. Egal, wie laut die Kritik um ihn herum war. Und die gab es oft! Vor allem in der Bank, in der mein Vater als Kassierer gearbeitet hat.« Sie spießte eine Olive auf.
»Dieses dicke Fell habe ich wohl von ihnen in die Wiege gelegt bekommen. Wie waren deine Eltern so?«, fragte sie.
Ich erzählte ihr von meinem Vater, der über 30 Jahre lang im gleichen Konzern wie ich gearbeitet hatte. Und von meiner Mutter, die halbtags als Arzthelferin in einer Praxis tätig gewesen war. Der Lebenslauf meiner Eltern war sehr geradlinig verlaufen und wenig spektakulär, fand ich. Ich hatte mich schon so

manches Mal gefragt, ob meine Mutter nicht auch ihre Träume gehabt hatte. Doch sie sprach nie darüber. Das erzählte ich Angela. Sie nickte.
»Nicht jeder Mensch ist sich seiner Träume bewusst. Viele erlauben sich diese Frage gar nicht erst. Sie glauben vielleicht, dass es ihnen nicht zusteht. Gerade in früheren Generationen standen ja die Pflichterfüllung und die Verantwortung an höchster Stelle – nicht die Selbstverwirklichung. Doch die Zeiten haben sich geändert. Es möchte möglicherweise auch nicht jeder auf die großen Bühnen dieses Lebens. Das finde ich vollkommen in Ordnung. Es gibt so viele wundervolle Arten, dieses Leben zu leben«, sagte sie. »Doch glücklich sein, das sollte jeder dürfen. Das ist meine Meinung.« Ich stimmte ihr vollkommen zu und nahm mir vor, meine Mutter bei nächster Gelegenheit zu fragen, ob sie glücklich war.
Bist du es denn, Anna, fragte die leise Stimme plötzlich wieder in mir. Bist du glücklich mit deinem Leben? Ich bedeutete ihr, still zu sein. Nicht jetzt. Jetzt wollte ich mit Angela sprechen. Meine innere Stimme schien beleidigt zu sein. Ich spürte, dass der Tag kommen würde, an dem sie mir diese Frage erneut stellen würde.
»Als Frau ist es vielleicht auch nicht immer so einfach. Damals wie heute«, sagte ich nachdenklich. Angela hob ihren Zeigefinger und schüttelte ihn.
»Falscher Ansatz!« Der vehemente Klang ihrer Stim-

me ließ mich zusammenzucken. »Ich glaube, dass es immer Mittel und Wege gibt, wenn wir das wollen«, fügte sie etwas sanfter hinzu.
»Meine Mutter zum Beispiel. Sie war Hausfrau, wie das in Sizilien üblich war und in vielen Familien heute noch so ist. Doch sie wollte unbedingt etwas bewegen. Sie war zu stark und zu ideenreich, um nur staubzusaugen, die Wäsche zu waschen und die Vasen auf der Fensterbank von rechts nach links zu rücken.«
Ich musste schmunzeln, während sie weitersprach.
»Sie war politisch sehr engagiert«, erzählte Angela. »Und ihre beste Freundin auch. Die beiden gehörten unterschiedlichen Parteien an.« Das klang spannend.
»Hat sich das nicht negativ auf ihre Freundschaft ausgewirkt«, wollte ich wissen.
»Interessanterweise nein«, antwortete Angela.
»Es hört sich unglaublich an, doch es war so. Und du musst wissen: Damals ging es hoch her, zum Beispiel bei Demonstrationen. Manchmal wurden die Frauen richtig handgreiflich. Sie sind sich gegenseitig an die Haare gegangen und haben auch mal ihre Fäuste eingesetzt«, erzählte Angela. »Das Verrückte ist: Nach der Demo gingen alle nach Hause, als wäre nichts gewesen! Alles war wieder in Ordnung. Das Leben ging weiter. Man hatte seine Meinung gesagt und man akzeptierte auch die andere Meinung. Keine der beiden Frauen ließ es zu, dass es Einfluss auf ihre Verbindung hatte.«

»Unvorstellbar ...«, sagte ich. »Wenn man bedenkt, dass heute oft versucht wird, dem anderen seine Meinung aufzudrängen. Ganz egal, ob man recht hat oder nicht.«

»Du sagst es«, sagte Angela. Wir stießen erneut miteinander an. Eine Frage drängte sich mir plötzlich auf. Konnte ich sie Angela stellen? Warum eigentlich nicht? Es schien nichts zu geben, über das sie nicht bereit war zu sprechen. Sie betrachtete gerade ein paar Wellen, die sanft aufs Ufer zurollten. Ich wartete, bis sie mit ihrer Aufmerksamkeit wieder an unseren Tisch zurückkehrte, dann fasste ich mir ein Herz. »Hast du jemals Angst vor der Verantwortung gehabt, die deine Position mit sich bringt«, fragte ich sie. Angela überlegte kurz. Dann sagte sie: »Nein. Angst habe ich nie gehabt. Respekt dagegen ja. Ich habe sogar hohen Respekt vor der Verantwortung und auch der Macht, die ein Amt wie meines mit sich bringt. Viele Menschen missbrauchen ihre Macht. Sie genießen es, Macht zu haben, und setzen sie für ihre Zwecke ein. Ich persönlich denke, dass Macht und vor allem das Vertrauen der Bürger:innen eine große Ehre sind. Sie sind eine Auszeichnung, die man sich erst verdienen darf. Und wir bekommen die Macht und die damit verbundenen Privilegien nur geliehen. Sie machen uns nicht zu besseren Menschen. Sie erhöhen nur den Grad der Verantwortung, die wir haben, um gut damit umzugehen.« Ich nickte.

Bei uns im Konzern hatte ich schon öfters beobachtet, dass ein gewisser Einfluss dazu benutzt wurde, um ihn auszuspielen und eigene Interessen durchzusetzen. Das widerte mich jedes Mal an. Aus dem Grund hatte ich es nie in Erwägung gezogen, die Karriereleiter höher hinaufzuklettern, obwohl es mich durchaus reizen würde, andere Einflussmöglichkeiten zu haben. Angelas Beispiel zeigte mir, dass es möglich war, eine solche Stellung einzunehmen – auf positive, förderliche Weise. Das gefiel mir und eröffnete mir einen ganz neuen Blick.

Sie ergänzte meine Gedanken, indem sie sagte: »Gute Politik tut einer Regierung und einem ganzen Land gut. Und in deinem Falle einem Unternehmen und all seinen Mitarbeitern. Und damit allen Menschen, die wiederum mit ihnen verbunden sind – Kunden wie auch alle Familien. Die Auswirkungen sind weitreichend.« So, wie sie es sagte, bekam ich plötzlich Lust, mehr zu bewirken. Das Controlling machte mir Spaß. Es fiel mir leicht, auch wenn manche Aufgaben herausfordernd waren. Doch da war noch etwas, das ich gern entdecken wollte. Ohne konkret zu wissen, in welche Richtung es gehen könnte, hatten Angelas Worte etwas in mir angestoßen. Doch da war noch etwas … »Ich finde es sehr schwierig, mit Kritik umzugehen«, gab ich zu.

Erneut war ich überrascht, wie offen ich mit dieser Frau sprach, obwohl wir uns erst seit gestern kannten.

»Es macht mir immer total viel aus, wenn jemand nicht zufrieden ist mit dem, was ich geleistet habe, oder wenn jemand anderer Meinung ist als ich. Wie gehst du damit um?« wollte ich wissen. Sie sah mich ernst an.

»Oh, ich bekomme viel Gegenwind! Und ich bin überzeugt, dass das nicht aufhören wird, solange ich im Amt bin.« Angela nahm einen Schluck Wein, bevor sie weitersprach, und schien seinem Geschmack mit Freude nachzuspüren.

»Du musst wissen: Ich habe viele Drohungen bekommen. Versteckte und auch sehr offene, eindeutige Drohungen. Kurz vor der Wahl bekam ich sogar eine Morddrohung.« Ich erschrak. Das war ja entsetzlich! Allein der Gedanke daran schnürte mir die Kehle zu.

»Und du bist trotzdem zur Wahl angetreten?« Angela nickte. »Es war nicht leicht und ich habe viel mit meiner Familie und meinen Beratern darüber gesprochen. Eine solche Entscheidung will ja wohlüberlegt sein und hat nicht nur auf mein Leben Auswirkungen. Das Ganze war auch kein Scherz oder eine Lappalie. Ich wusste: Wenn ich mich zur Wahl stelle, dann lege ich mich mit einigen der einflussreichsten Familien dieses Landes an …« Sie atmete tief auf. »Doch, wie du siehst, ich habe es getan. Und heute sitze ich hier. Mit dir. Und wir genießen diesen wunderbaren Tag!« Sie lächelte wieder.

Was für eine Frau sie war! Ich war vollkommen

sprachlos. Was sie gerade mit mir geteilt hatte, musste ich erst einmal verdauen.
Lillo näherte sich und machte eine fragende Geste, ob wir mit den Vorspeisen fertig waren. Er schien zu spüren, dass wir gerade ein sensibles Thema besprachen. Angela nickte freundlich. Wir warteten, bis er die Teller abgetragen hatte. Dann sagte sie: »Weißt du, Anna, ich sage mir immer: Wir haben nur dieses eine Leben. Zumindest in dieser Form. Und darum sollten wir keine Ausreden erfinden.« Ich sah sie irritiert an. Sie erklärte es mir. »Ich meine, wir sollten dieses Leben auskosten. Bis zum letzten Atemzug und mit der größtmöglichen Intensität. Weder unsere Umstände noch unsere Herkunft oder unser Geschlecht sollten als Ausrede dafür dienen, dass etwas nicht funktioniert oder dass wir es schwerer haben als andere. Das schwächt uns und macht uns klein. Männer wie Frauen. Alle Geschlechter. Wenn wir eine Entscheidung treffen und daran glauben, dass etwas möglich ist – dann ist es möglich. Dann gibt es einen Weg dorthin. Das ist meine Erfahrung. Und …« Sie machte eine ausladende Handbewegung über den Tisch und das Fenster aufs Meer hinaus.
»In dem Moment, wo wir für uns klar sind, kommen so viele Unterstützer in unser Leben, die uns dabei helfen. Andererseits«, ihr Blick wurde ernst: »Wenn wir nicht entscheiden, dann entscheiden andere für uns, wie unser Leben verläuft. Und das wäre doch

eine Verschwendung.«
Ich musste Luft holen. Sie bemerkte, dass ihre Worte mich sehr berührt hatten, und nahm meine Hand. »Entschuldige, wenn ich zu weit gegangen bin. Wenn man solche Erfahrungen gemacht hat wie ich, wirkt man manchmal etwas hart und kompromisslos. Doch so ist es nicht gemeint. Ich möchte gerade junge Menschen wie dich einfach ermutigen, eure Zeit hier auf Erden mit allen euch zur Verfügung stehenden Kräften zu nutzen. Die Welt braucht Menschen wie dich. Dringend!« Ich musste an die Morddrohung denken. Wie klein und unbedeutend kamen mir auf einmal die Probleme in unserer Abteilung vor. Erst neulich hatte ich mich über Budgetkürzungen geärgert und über Veränderungen in einem Ressort … Das alles erschien mir auf einmal total unwichtig im Vergleich zu dem, was Angela täglich zu bewältigen hatte.
»Woran denkst du«, fragte sie mich. Ich musste kurz überlegen, bevor ich antwortete. »Ich denke, dass du eine unglaublich starke Frau bist. Du wirkst so … unzerstörbar«, sagte ich. Das Wort kam mir seltsam vor, doch genauso fühlte ich es. Angela lächelte. »Ich hoffe, dass ich das bin. Zumindest bis zu dem Tag, an dem mich unser Schöpfer wieder nach Hause ruft«, sagte sie mit einem Augenzwinkern in Richtung Himmel. »Im Ernst, ich fühle mich tatsächlich sehr kraftvoll«, setzte sie hinzu. »Und ich sorge auch immer wieder dafür, gut in meiner Kraft zu bleiben«,

sagte sie. »Doch es geht auch nicht immer nur darum, ewige Stärke zu demonstrieren. Manchmal ist es von Vorteil, auch eine verletzliche Seite zu haben und sie zu zeigen. Das macht uns menschlich und nahbar. Und als Bürgermeisterin möchte ich immer nahbar sein für die Menschen in unserer Stadt. Verletzlichkeit bedeutet auch nicht Schwäche. Es geht um die richtige Balance, den richtigen Grad. Und den kann jeder nur für sich bestimmen. Es ist ein Wechselspiel, ein stetiges Ausprobieren, weißt du? Mal liegt man richtig und mal liegt man daneben und holt sich ein paar Blessuren. Aber dafür ist das Leben doch auch da, oder? Es ist noch kein Meister vom Himmel gefallen – und auch keine Meisterin.«
Ich nickte nachdenklich. Sie hatte recht. Angela sah mich an, als wüsste sie genau, was in mir vorging.
»Mach dich frei, Anna«, sagte sie. »Mach dich frei von deinen eigenen hohen Erwartungen an dich selbst. Mach dich auch frei von den Ansprüchen anderer Menschen. Sei die, die du sein willst! Du bist eine wunderbare Frau mit so vielen Fähigkeiten, die ich nur erahnen kann, weil wir uns noch nicht lange kennen. Wenn ich ehrlich zu dir sein darf …«
Sie zögerte einen Moment, um sicherzugehen, dass es mir recht war, wenn sie weitersprach. Ich nickte und spürte schon, bevor sie es sagte, dass ihre Worte eine wichtige Botschaft für mich enthielten.
»Du wirkst auf mich wie ein junger, kraftvoller Vo-

gel, der so gerne die Flügel ausbreiten und hoch in den Himmel fliegen würde. Aber etwas hält dich zurück.« Sie sah mich eindringlich an.
»Lass dich nicht abhalten. Von nichts und niemandem. Schon gar nicht von dir selbst.«
Mein Vater kam vor mein inneres Auge. Als wir uns das letzte Mal sahen, hatten wir Streit gehabt. Ich hatte ihm vorgeworfen, dass er nie mit mir zufrieden sei, egal, wie viel ich in meinem Job noch erreichte. Er hatte das vehement abgestritten. Das Gespräch endete unangenehm und seither hatte ich ihn nicht wieder angerufen. Später hatte meine Mutter mir versucht zu erklären, dass mein Vater nicht der Mann der großen Worte war und dass er mit großer Anerkennung meinen Weg verfolgte. Er konnte es nur nicht gut ausdrücken, meinte sie. Ich hatte das nicht hören wollen, so verletzt war ich gewesen. Jetzt bemerkte ich, dass es gar nicht mein Vater war, der mich so getroffen hatte. Ich war es gewesen. Ich selbst war es, die meine Erfolge nicht genießen und feiern konnte. Ich selbst war es, die sich immer wieder kleinmachte und sich nie anerkannte … So als würde ich nie reichen, nie gut genug sein. Andreas hatte mich schon öfters versucht, darauf hinzuweisen, aber ich hatte es nicht hören wollen. Heute, durch Angelas Worte, hatte ich es endlich verstanden. Auf einmal stiegen mir Tränen in die Augen. Wie sehr hatte ich meinem Vater unrecht getan in den letzten Jahren! Wie oft hatte ich

ihm Vorwürfe gemacht. Dabei war er nur ein Spiegel dessen gewesen, was ich mir selbst antat.
Ich versuchte zu lächeln, um von meinen Tränen abzulenken. Es war mir unangenehm, vor anderen Menschen emotional zu werden. Angelas Hand berührte meine sanft.
»Mach dir keine Sorgen«, sagte sie leise.
»Du musst deine Emotionen nicht unterdrücken. All das möchte und darf jetzt herauskommen. Damit du frei wirst und deine Flügel ausbreiten kannst.«
»Danke. Aber ich möchte dich nicht belasten«, sagte ich. Sie sah mich überrascht an.
»Wie könntest du mich belasten? Es ist mir eine Freude und zeugt von Vertrauen, dass ich Anteil an dem haben darf, was dich bewegt! Oder dachtest du, es sei Zufall, dass wir uns begegnet sind?«
Ich sah auf. Sie strahlte mich aus ihren wunderschönen dunklen Augen liebevoll an.
»Du bist am richtigen Ort, Anna. Schon immer gewesen, und so auch heute hier.«
Angela zeigte in Richtung einer kleinen Bucht am Ende des Strandes. »Dort vorne habe ich früher oft mit meiner Tante Rosa und meiner Cousine Maria gebadet. Sie lebten hier in der Nähe. Rosa ist leider schon verstorben, und Maria ist seit vielen Jahren Richterin in Mailand. Wir waren wie Schwestern. Sie hat einmal zu mir gesagt: Angela, du bist mein großes Vorbild. Dir war es schon immer egal, was andere

über dich dachten. Und sie hatte recht. Mir war es damals nur noch nicht bewusst.« Ich nickte lächelnd. Angela machte eine Geste, als würde ihr etwas einfallen. Sie nahm einen Füller aus ihrer Handtasche, schnappte sich eine weiße Serviette, die auf dem Tisch lag, und notierte etwas darauf. »Diesen Satz habe ich damals zu Maria gesagt. Und er stimmt noch heute.« Ich las laut: »Ich bin kein Nutella. Ich muss nicht jedem schmecken!«

Die Worte brachten mich zum Lachen. »Das stimmt. Es ist ein toller Satz!« Angela lachte mit mir.

»Ich sage ihn mir heute noch manchmal, wenn die Kritik an mir wieder mal zu groß wird und ein shitstorm auf mich herabregnet in der Zeitung oder in den sozialen Medien. Das bleibt nicht aus. Als Bürgermeisterin kannst du es nicht allen recht machen.«

Ich nickte. Gleichzeitig verspürte ich Unbehagen.

»Ich könnte wahrscheinlich nicht mehr schlafen, wenn ich in der Öffentlichkeit angegriffen würde«, gab ich offen zu. Sie schüttelte den Kopf und machte eine abwehrende Handbewegung. »Man darf das nicht so nah an sich heranlassen. Solche Sätze wie der mit dem Nutella sind hilfreich, um unser dickes Fell zu stärken und uns eine Haut zuzulegen, an der vieles abprallt. Und viele verwechseln da auch etwas: Ich will dir aus meiner Erfahrung sagen, dass die Menschen, die so etwas schreiben, nicht dich hassen. Sie hassen es, dass sie nicht du sind.«

Ihre Worte hallten in mir nach. Schon wieder ein solch bedeutungsvoller Satz. Am liebsten hätte ich mir über das ganze Gespräch mit Angela Notizen gemacht. Natürlich … so, wie sie es sagte, machte alles Sinn! Und es machte alles so viel einfacher! Dabei konnte ich ahnen, wie schwer manche Zeiten für sie gewesen waren. Und trotzdem saß sie so selbstbewusst und lebendig vor mir.

Ich holte tief Luft. »So habe ich das noch nie betrachtet«, sagte ich erleichtert. Mein ganzer Brustkorb fühlte sich viel freier an, als zu Beginn unseres Gesprächs. Sie nickte.

»Es ist so. Beobachte es mal, wenn wieder eine solche Welle im Internet losbricht. Lies zwischen den Zeilen, dann bemerkst du es! Und völlig unabhängig davon, was die Menschen schreiben oder denken: Wir können es nicht jedem recht machen. Das funktioniert einfach nicht. Es ist ein Ding der Unmöglichkeit, ein Kampf gegen Windmühlen. Also brauchen wir es gar nicht erst zu versuchen, sondern konzentrieren uns lieber auf die wichtigen Dinge!« Und was im Anschluss an ihre Worte von Lillo aus der Küche kam – liebevoll arrangierter Couscous mit köstlichen Meeresfrüchten –, brauchte kein weiteres Wort. Allerhöchstens noch einen Schluck leckeren Weißwein.

Wir genossen den Hauptgang schweigend und mit allen Sinnen. Bei der anschließenden Granita al caffè, einer Art Sorbet aus gefrorenem starkem Espresso mit Zucker, plauderten wir über die Pläne und Ideen, die Angela in diesem Jahr noch für ihre Gemeinde hatte.

»Ich möchte eine Gestalterin sein«, meinte sie. »Und wenn ich eines Tages abtrete oder abgewählt werde, dann will ich meine Stadt ein ganzes Stück besser hinterlassen als vorher.«

Ich spürte genau, dass sie dieses Ziel erreichen würde. Auch wenn der Weg, der vor ihr lag, mit Sicherheit kein einfacher war. Im Anschluss an das wunderbare Menü bestellte sie die Rechnung. Doch Lillo lud uns zu meiner Überraschung ein. Er sagte, dass er das Gefühl habe, dass wir eine besondere Freundschaft hätten und dass er dazu gern etwas beitragen wolle. Was für eine schöne Geste!

»Ich weiß gar nicht, wie ich mich für all das bedanken soll«, sagte ich zu Angela, als Ernesto mich später wieder vor dem Agriturismo absetzte.

»Deine Zeit, deine vielen wertvollen Gedanken und Erfahrungen …« Sie nahm meine Hände in ihre. »Gestalte das Beste und Schönste aus deinem Leben, Anna. Nutze die inneren Schätze, die in dir sind. Sie bringen das Glück. Damit machst du mir die größte Freude! Ach, und wenn du mal wieder hier bist, lass es mich wissen. Ich würde mich freuen, dich wiederzusehen.« Sie tippte Ernesto auf die Schulter und er reichte ihr eine Visitenkarte aus einem kleinen Kästchen. Sie gab sie mir und umarmte mich herzlich zum

Abschied. Dann fuhren sie und Ernesto davon. Ich blieb zurück und sah ihnen noch eine Weile nach. Heller Staub wirbelte auf, als der Wagen langsam zur Einfahrt hinausrollte und zwischen den Olivenbäumen verschwand. Auch in mir war einiges aufgewirbelt worden.

Ich fühlte mich leicht, freudig, inspiriert – und zugleich total durcheinander.

Das, was Angela mir gesagt hatte, würde eine Weile brauchen, um sich zu setzen. Doch eines wusste ich: Die Begegnung mit ihr hatte mein Leben verändert.

WOFÜR WÜNSCHT DU DIR ANERKENNUNG?

4 KAPITEL

DIE EIGENE WELT KREIEREN

Jeder hat die Wahl, das eigene Leben aktiv zu gestalten oder es passiv geschehen zu lassen.

———— Der Abschied von Teresa, Sofia und Francesco war sehr herzlich.

»Das nächste Mal bringst du deinen Mann mit!« meinte Teresa. »Das mache ich gerne«, erwiderte ich. Dann stieg ich in meinen Wagen und fuhr los. Im Rückspiegel sah ich sie alle winken.

Was mich wohl in Ortigia erwartete? Mein Bauch kribbelte leicht vor Aufregung. Plötzlich fiel mir auf, dass ich vom B&B keine Informationen über meine Anreise erhalten hatte. Gab es einen Zahlencode für die Tür? War der Check-in um diese Uhrzeit möglich? Wo sollte ich parken? Es beunruhigte mich, all dies nicht zu wissen.

Du schon wieder mit deinem Sicherheitswahn, Anna, hörte ich meine innere Stimme seufzen. Ich konnte fühlen, dass sie die Augen verdrehte. Du hast doch gesehen, dass sich in den letzten Tagen alles wunderbar gefügt hat, fuhr sie fort. Warum sollte das nun anders sein?

Ihr forscher Tonfall belustigte mich und ich atmete einmal tief durch. Direkt ging es mir besser. Die Stimme hatte recht. Was mich aber trotzdem noch nervös machte, war der Stadtverkehr, der mir kurze Zeit später in Siracua und Ortigia bevorstand. Autoreiche Stadtzentren waren schon in Deutschland nicht mein Ding. Obwohl es noch längst nicht Zeit für die Rushhour war, schien die halbe Stadt unterwegs zu sein. Ich lernte, dass Hupen sowohl eine freundliche Begrüßung als auch Genervtsein heißen konnte. Neugierig saugte ich all diese Eindrücke in mich auf und versuchte, den einen oder anderen Blick auf eine malerische Piazza oder einen antiken Brunnen zu erhaschen. Auch die schmale Brückenstraße, die Siracusa mit Ortigia verband, war stark befahren. Auf der Halbinsel wurde es dann schlagartig ruhiger und sehr idyllisch. Ich konnte mich kaum sattsehen an den Gebäuden zu meiner Rechten und Linken. Fast hätte ich die Einfahrt in die schmale Gasse verpasst, in der das B&B lag. Passte ich da mit dem Auto überhaupt durch?

Kleine Schweißtropfen rannen mir mittlerweile vom Nacken in Richtung Schulterblätter. Mehrmals kam ich den Fußgängern auf dem engen Bürgersteig gefährlich nahe, wenn ich einem Wagen auswich, der dicht an einer Häuserwand geparkt hatte.

Die Menschen schienen es allerdings hier gewohnt zu sein. Sie nahmen kaum Notiz von mir. Ich atmete erleichtert auf, als ich das B&B auf der linken Seite entdeckte. Leider gab es keinen Parkplatz, der zum Haus gehörte. Und ich stellte mit Enttäuschung fest, dass ausgerechnet das B&B nicht zu den schönsten Häusern der Straße gehörte. Ehrlich gesagt, sah es

ziemlich grau und verfallen aus. Wie schade.
Die Straße war auch noch komplett zugeparkt, soweit das Auge reichte ... Als hätte das Schicksal meinen inneren Seufzer erhört, fuhr in dem Moment ein Wagen los, nur wenige Schritte vor mir. Die Lücke war allerdings ziemlich klein, selbst für einen Wagen wie meinen. Wie war der andere da nur reingekommen? Ich wollte schon aufgeben und weiterfahren, da klopfte es an meiner Beifahrertür. Ein älterer Herr mit Schirmmütze winkte mir lächelnd zu. »Kommen Sie nur. Es ist Platz genug! Ich helfe Ihnen!« Ich nickte ihm dankbar zu. Im gleichen Moment hupte jemand hinter mir ungeduldig. Auch das noch. Stress konnte ich beim Einparken nicht gebrauchen. Schon gar nicht mit einem fremden Wagen. Aus dem Augenwinkel nahm ich wahr, wie der alte Herr beschwichtigend seinen Gehstock hob, um die anderen Fahrer um Ruhe zu bitten.
»Kommen Sie, kommen Sie«, rief er mir zu. Mit seiner Hilfe schaffte ich tatsächlich ein kleines Wunder und stand mit etwas Hin und Her schließlich wie eine Eins in der Parklücke. Ich war stolz! Wenn Andreas das gesehen hätte. Ich stieg aus und wollte mich bei dem älteren Herrn für seine Hilfe bedanken. Doch er war schon weitergelaufen. In Gedanken schickte ich ihm mein »Danke« hinterher und hoffte, dass er es spürte. Dann angelte ich meinen kleinen Koffer von der Rückbank, versicherte mich, dass alle Fenster und

Türen sorgfältig geschlossen waren, und überquerte die Straße.
Die große nussbaumfarbene Holztür stand einen Spalt auf. Drinnen in der kleinen Eingangshalle war es angenehm kühl. Ich hörte einen kleinen Brunnen plätschern. Das gefiel mir. Der Boden und die Steintreppe, die in einem geschwungenen Bogen nach oben führte, waren interessant gefliest. Na, das sah doch schon ganz anders aus, als der erste Eindruck. Ein Schild sagte, dass die Rezeption des B&B im vierten Stock lag. Obwohl ich sonst gern Treppen nahm, entschied ich mich heute mit Koffer für den leichteren Weg und nahm den Aufzug. Der Aufzug war allerdings schon in die Jahre gekommen, bemerkte ich, als sich die Tür mit einem Quietschen hinter mir schloss und sich die enge Kabine mit einem ächzenden Ruckeln in Bewegung setzte. Oben angekommen, stieg ich schnell erleichtert aus – und stand vor einem Mann um die 50 mit dunklem kurzen Haar und dunklen Augen. Er streckte mir freundlich die Hand entgegen.
»Anna? Schön, dass Sie da sind, herzlich willkommen. Ich habe Sie schon erwartet! Ich bin Fabrizio. Fabri.« Der Mann wirkte jugendlich. Er trug ein weißes Hemd, Jeans und weiße Sneaker.
»Haben Sie gut hergefunden«, fragte er. Ich nickte und reichte ihm meinen Koffer, nach dem er schon die Hand ausgestreckt hatte.

»Fühlen Sie sich bei uns wie zu Hause! Ich darf kurz vorgehen«, rief er und öffnete mir schwungvoll eine moderne Glastür, hinter der ein großer heller Raum mit einem lang gezogenen Edelholztisch war. Wow, war das schön hier! Während ich Fabri folgte, glitt mein Blick über das geölte Holz des Tisches und die offensichtlich teuren, sehr gemütlich wirkenden Barhocker in Designerformen. An den Wänden wechselten sich wunderschöne Keramikteller mit gerahmten Fotos ab. Eine hochwertige Kaffeemaschine und Schüsseln, Gläser und Besteck in abgestimmten Farben auf einem langen Holztisch an der Wand ließen erahnen, dass hier der Bereich war, an dem ich mir morgen früh mein Frühstück zusammenstellen konnte. Alles wirkte sauber, organisiert und zugleich originell. Eine Mischung, die ich liebte.
»Kommen Sie, ich zeige Ihnen unseren Balkon. Möchten Sie einen Espresso?« Das nette Angebot nahm ich gerne an. Er stellte meinen Koffer neben dem Schreibtisch ab und bedeutete mir, ihm durch eine weitere Glastür zu folgen. Dahinter lag ein gemütlich eingerichtetes, lichtdurchflutetes Wohnzimmer mit hellen Möbeln und vielen Kissen. Alles wirkte, wie aus einer Zeitschrift entsprungen und gleichzeitig lebendig und einladend. Eine weiche Couch lud zum Ausruhen und Lesen ein. Fabri schob die Panoramatür auf, die auf den Balkon führte. Große Korbsessel standen dort, überdacht von großen,

hellen Sonnenschirmen. Ich sah viele Grünpflanzen, dazwischen gelbe und pinkfarbene Blüten … Über allem spannte sich der blaue Nachmittagshimmel. Das war ja ein Paradies hier oben, mitten in der Stadt!

»Nehmen Sie gern Platz. Und wenn ich kurz Ihren Ausweis haben dürfte, mache ich in der Zwischenzeit alles für Sie fertig«, bot mir Fabri an.

»Bitte sehr.« Ich reichte ihm meinen Pass und lief freudig nach draußen. Die Luft war angenehm frisch im Innenhof. Von hier aus konnte ich auch den Brunnen erkennen, den ich eben schon gehört hatte. Eine kleine Bank stand davor, deren Sitzfläche mit Mosaikfliesen belegt war. Ich nahm auf einem der Korbsessel Platz. Fabri brachte mir den Kaffee und gab mir auch den Ausweis zurück. In der anderen Hand hielt er eine zweite Espressotasse. Er wollte schon wieder hineingehen, da sagte ich: »Setzen Sie sich doch zu mir.« Mein Angebot schien ihn zu freuen.

»Es ist sehr schön hier bei Ihnen«, meinte ich nach einer Weile, das Aroma des Kaffees genießend. Fabri nickte lächelnd.

»Schön, dass Sie das sagen. Das finden meine Frau und ich auch. Vor ein paar Jahren, als uns dieses Haus angeboten wurde, zögerten wir. Wir sahen zunächst nur das, was Sie auch gesehen haben: eine hässliche, graue Fassade!« Er lächelte. »Wir fragten uns: Muss ein Gästehaus nicht ganz anders sein? So, wie man es erwartet?« Er lächelte bei der Erinnerung. »Ich persönlich war schon drauf und dran, auf dem Absatz wieder umzukehren. Doch meine Frau Sabri hielt mich zurück und meinte: ‚Lass es uns doch wenigstens anschauen, wenn wir schon da sind!' Also sind wir reingegangen. Und haben uns sofort in diesen Platz verliebt.« Ich nickte lächelnd. Das war eine schöne Geschichte. Und seine Frau hieß Sabri? Wie passend. Fabri nahm einen Schluck von seinem Kaffee und deutete auf das Innere der Wohnung. »Natürlich war alles noch nicht in diesem Zustand. Wir haben viel Zeit, Ideen und auch Geld hineingesteckt, damit es so wurde, wie es heute ist.« Das glaubte ich sofort. »Es ist wunderschön und einzigartig.« Meine Anerkennung schien ihn zu freuen.

»Stellen Sie sich nur vor, wir wären damals wirklich gegangen. Dann säßen wir beide heute nicht hier! Geht das Leben nicht verrückte Wege?« Ich nickte. »Interessanterweise gingen Sabri und ich damals gerade zu dem Vortrag eines Redners«, erzählte er weiter. »Der Mann kam aus Indien und er stellte uns als Publikum die Frage: Wäre unser Leben nicht schrecklich langweilig, wenn alles schnell ginge?«

Ich sah Fabri aufmerksam an. Er fuhr fort: »Der Redner berichtete davon, dass viele Menschen heutzutage immer erwarteten, dass alles schnell geht: Lieferungen, Termine, Projekte … Alles nimmt ein enormes Tempo an. Jeden Tag. Unser ganzes Leben lang. Als wären wir alle in Raketengeschwindigkeit unter-

wegs.«
Das stimmte. Darüber hatte ich mir auch schon öfters Gedanken gemacht. Fabri fuhr fort: »Wenn unsere Kinder zur Welt kämen und wären schon ein paar Tage später groß und erwachsen ... Das wäre doch schrecklich, oder? Oder wenn sich jeder Herzenswunsch, den wir haben, immer sofort erfüllen würde.« Er sah kurz in den Himmel, dann wieder zu mir. »Das erinnert mich an eine Situation, als ich noch ein kleiner Junge war. Möchten Sie sie hören?«
»Natürlich, sehr gern«, sagte ich. »Als ich klein war, etwa im Grundschulalter, ist mein Vater jeden Samstagnachmittag mit mir zum Fußballplatz hier in Siracusa gefahren. Wir haben uns die Spiele angeschaut und unsere Mannschaft angefeuert«, erzählte Fabri. »Am Spielfeldrand gab es immer einen Stand. Alfredo hieß der Besitzer. Er verkaufte seine selbst gemachten Arancini, das sind gefüllte Reisbällchen. Vielleicht haben Sie schon davon gehört.« Ich nickte. Er sprach weiter: »Jeden Samstag stand ich da und roch diesen leckeren Duft von Arancini! Und jeden Samstag bat ich meinen Vater, mir eines zu kaufen. Aber«, er hob ernst die Augenbrauen, »mein Vater hat jedes Mal Nein gesagt. Jedes Mal!
Wir hatten damals nicht viel Geld. Ich verstand seine Gründe, aber trotzdem – jeden Samstag knurrte mir der Magen und ich träumte davon, in ein Reisbällchen hineinzubeißen! Und ich nahm mir vor: Wenn

ich groß bin, dann kaufe ich mir so eines von meinem eigenen Geld!« Ich nickte lächelnd.
Denn auch ich erinnerte mich gut an Dinge, die mir meine Eltern in meiner Kindheit nicht immer gekauft hatten: Puppen, Zeitschriften, bunte Glasperlen … Alles war so verführerisch, und ich wollte am liebsten alles sofort haben. Fabri lächelte.
»Und eines Tages – endlich – war es so weit. Ich hatte mein eigenes Geld verdient und fuhr samstags zum Fußballplatz. Alfredo gab es noch und seine Reisbällchen auch. Und was glauben Sie, wie gut dieses erste Reisbällchen schmeckte, als er es mir reichte und ich endlich hineinbeißen durfte? Ich war so dankbar!« Ich nickte wieder. »Dadurch konnten Sie es so richtig genießen«, meinte ich. Fabris Augen strahlten. »Ganz genau.« Er blickte sich im Sitzen um. »Und genau darum lieben meine Frau und ich dieses Haus so sehr. Es erinnert uns daran, dass man nicht immer alles sofort haben kann, und dass nicht immer alles von Anfang an schön oder harmonisch im Leben ist. Vieles will erarbeitet werden! Schönheit. Erfolg. Auch die Liebe! Doch diese Art von Arbeit ist immer lohnenswert.«
Er sah mich entschuldigend an. »Verzeihung, jetzt habe ich wirklich viel geredet.« Ich schüttelte den Kopf. »Ich habe Ihnen gerne zugehört. Und ich sehe das ganz genauso wie Sie.« »Das freut mich«, meinte Fabri und stand auf. »Bleiben Sie ruhig noch sit-

zen und genießen Sie den Moment. Wenn Sie so weit sind, zeige ich Ihnen Ihr Zimmer.«

Mit diesen Worten verschwand er nach drinnen. Das Zimmer, das Fabri mir später zeigte, ging zu meiner großen Freude auf den Innenhof hinaus. Fabri erklärte mir, dass das B&B insgesamt fünf Zimmer und Apartments verschiedener Größe vermiete. Sabri und er hatten jedes davon in einer eigenen Farbfamilie gestalten lassen. Ihr Ziel war es außerdem gewesen, in jedem Apartment ein besonderes Highlight zu zeigen: ein extravagantes Himmelbett, eine ausgefallene Badewanne, einen romantischen Mini-Balkon wie bei Romeo und Julia … Er konnte mir die anderen Zimmer nicht öffnen, da sie belegt waren, doch ich konnte es mir gut vorstellen. Mein Zimmer war in Türkis, Vanilletönen und Weiß gehalten. Es erinnerte mich an Sonne, Sand und Meer. Auf dem Tisch standen eine Schale mit frischen Trauben und Aprikosen sowie ein Krug mit Wasser bereit.

»Wenn Sie nachher Lust auf ein Eis haben, gehen Sie zu Giacomo«, empfahl mir Fabri. Er deutete auf eine Visitenkarte, die auf der Kommode lag. Und er gab mir seine eigene WhatsApp-Nummer, »für den Fall, dass Sie verloren gehen«, wovon er hier auf der kleinen Halbinsel nicht ausging, wie er mit einem Schmunzeln sagte.

»Ortigia ist nur etwa einen Quadratkilometer groß.« Doch ihm und Sabri war es wichtig, dass sich ihre

Gäste wohl und sicher fühlten.

»Zögern Sie nicht, mir zu schreiben oder mich anzurufen, wenn Sie etwas auf dem Herzen haben«, versicherte er mir. Ich war mir sicher, dass ich es nicht brauchen würde – aber wo fand sich so viel Offenheit und Herzlichkeit? Ich war begeistert. Mit großer Freude schlenderte ich eine Viertelstunde später los: Zunächst in Richtung des historischen Zentrums, vorbei an kleinen, interessanten Boutiquen und ehrwürdigen Gebäuden, die den Geist der Geschichte verströmten. Ich fühlte mich wie in eine andere Zeit versetzt. Am kleinen Anleger schaukelten ein paar Fischerboote in der Sonne. Ihre Arbeit würde erst wieder in den frühen Morgenstunden beginnen. Der warme Goldton der umliegenden Gebäude, dazu das tiefblaue Meer … was für ein malerischer Kontrast. Künstler:innen fanden hier eine wahre Fülle von Motiven. Ich machte hier und da ein paar Fotos und schmunzelte über weiße Unterwäsche, die auf einer Leine hing, die hoch oben zwischen zwei Balkonen gespannt war. Außerdem malte ich mir aus, wie es wäre, auf einem der Balkone morgens meinen ersten Kaffee zu trinken und aufs Meer hinaus zu blinzeln … Der Süden verkörperte für mich schon immer ein besonderes Lebensgefühl. Eines, das ich mir für mich selbst und Andreas auch sehr gut vorstellen konnte.

Fabri hatte nicht zu viel versprochen. Das hausgemachte Eis bei Giacomo schmeckte fabelhaft, und er

und seine Frau freuten sich, dass ich vorbeigeschaut hatte.
Der Nachmittag verflog im Nu mit Staunen, Beobachten, Erkunden, einfach Dasitzen und Genuss. Sogar den tollen Seifenladen hatte ich durch Zufall entdeckt. Ihn würde ich mir für den Abreisetag aufheben und dort noch einmal nach aller Herzenslust stöbern. Ganz beseelt von den Eindrücken und etwas fußmüde kam ich drei Stunden später ins B&B zurück. Unbedingt wollte ich noch einen Moment auf der kleinen Bank im Innenhof sitzen, die ich von oben gesehen hatte. Sie war allerdings nicht leer, als ich durch die Hintertür den Hof betrat. Es saß schon jemand dort: Eine Frau Mitte 40 mit einem braunen Kurzhaarschnitt. Sie hatte die Augen geschlossen. Ich wollte nicht stören, aber doch wenigstens einmal kurz meine Hand durch das Wasser gleiten lassen.
»Guten Abend«, sagte die Frau, als hätte sie gespürt, dass ich gekommen war. Sie hatte die Augen geöffnet. »Ich bin Sabri«, sagte sie freundlich.
»Guten Abend, ich bin Anna. Ich wohne bei Ihnen.«
Sabri nickte freudig.
»Das habe ich mir fast gedacht! Setzen Sie sich. Die Bank ist groß genug für uns beide.«
Sabri trug eine helle Hose, helle Sneaker und eine cremefarbene Bluse. Dazu schmale goldene Armreifen und eine Kette aus kleinen türkisfarbenen Steinen mit den dazu passenden Ohrsteckern. Neben ihr

stand ein Teller mit pinkfarbenen Früchten, die ich noch nie gesehen hatte.
»Meine Mutter hat heute die letzten Kaktusfrüchte in ihrem Garten geerntet«, erklärte Sabri mir. Neugierig betrachtete ich die Früchte. Sie hatten unzählige feine Stacheln. »Die Dinger pieken ganz schön, wenn man nicht aufpasst. Man spürt sie noch tagelang auf der Haut. Trotzdem schmecken sie einfach viel zu gut, um sie zu verschmähen«, sagte sie lachend.
»Ich stelle sie nachher geschält in die Küche. Nehmen Sie sich dann gern welche.« Sie stand auf.
»Bis nachher. Ach, haben Sie schon etwas zum Abendbrot vor? Fabri und ich haben Freunde zu Besuch gehabt und ich habe Unmengen Salat gekauft. Gerade haben sie abgesagt. Wenn Sie möchten, fühlen Sie sich herzlich eingeladen!« Das war ja toll. Wie ihr Mann hatte auch Sabri eine sehr offene, zugewandte Art, die nicht aufdringlich, sondern sehr charmant wirkte.
»Ich komme gern. Aber nur, wenn es Ihnen keine Mühe macht«, sagte ich.
»Hätte ich Sie sonst eingeladen«, fragte sie und zwinkerte mir zu. »Also dann, um acht Uhr? Wir freuen uns«, rief sie und lief leicht wie ein Schmetterling ins Haus. Auch Fabri schien es überhaupt nichts auszumachen, dass ich zur vereinbarten Zeit mit ihnen in ihrem privaten Bereich am Tisch saß und nicht ihre Freunde. Sabri und er hatten ebenfalls einen tollen

Balkon. »Ich finde es toll, dass Sie gemeinsam Ihren Traum verwirklicht haben«, sagte ich bewundernd. »Andreas und ich haben schon öfters darüber gesprochen, was wir zu zweit tun könnten – aber das Richtige ist uns noch nicht eingefallen«, gab ich offen zu. Sabri nickte.

»Für uns ist es auch ein großes Geschenk.« Sie atmete tief ein und aus und lächelte Fabri an. »Und gleichzeitig bin ich froh, dass ich meinen Beruf behalten konnte.« Ich sah sie überrascht an. »Sie schaffen es, noch eine weitere Tätigkeit auszuüben?« Sabri nickte. »Fabri kümmert sich um die meisten Aufgaben hier im Haus. Ich selbst habe noch eine Anstellung beim Gericht. Ich bin Gerichtshelferin.« Ich sah sie anerkennend an.

»Wissen Sie, ich mag meine Arbeit«, erklärte sie. »Sie erfüllt mich. Und es würde mir etwas fehlen, wenn ich damit aufhören würde.« Fabri nahm ihre Hand und drückte sie. »Sabri und ihr Team finden immer tolle Lösungen für ihre Klient:innen.« Sabri lächelte ihn an.

»Das stimmt und das ist uns auch wichtig.« Sie sah mich an.

»Viele Menschen, die erbittert bis zur letzten Instanz streiten, zerstören sich selbst. Ob sie dann am Schluss recht bekommen oder nicht. Sie erschöpfen sich und treiben Raubbau an ihrer Gesundheit und auch an ihren finanziellen Ressourcen.« Ich nickte. Ich hat-

te Gerichtsstreits schon bei uns in der Firma erlebt. Diese waren immer anstrengend gewesen und wenig erfolgreich.
»Wer sich dagegen frühzeitigt einigt, gewinnt Zeit und Lebensglück – und behält mehr von seinem Geld«, fuhr Sabri fort.
»Er oder sie bekommt vielleicht nicht genau das, was er sich vorstellt oder als gerecht empfindet. Doch, so wie ich es in den meisten Fällen erfahre, ist der Gewinn auf anderen Ebenen ein höherer.« Fabri nickte.
»Und für alle ist es anstrengend – nicht nur für die Streitenden«, pflichtete er ihr bei.
»Fabri hat viele Jahre als Anwalt gearbeitet«, sagte Sabri zu mir. »Am Ende hat es ihn einfach nur noch kaputt gemacht. Er hat für sich die Entscheidung getroffen aufzuhören.
Und heute ist er hier …« Sie machte eine Geste, die den Balkon und das Haus umschloss. »Glücklicher als je zuvor!« fügte Fabri hinzu. Die beiden küssten sich. Fabri wurde wieder ernst und sagte zu mir: »Ja, ich wollte einfach nicht länger Leute verteidigen, die eigentlich nicht verteidigt werden müssen.« Das verstand ich nicht.
»Menschen zum Beispiel, die Verbrechen begangen haben«, erklärte er mir. »Was soll ich für die bewirken? Was soll ich für die herausholen, wenn ich doch eigentlich auf der Seite derjenigen bin, die das Leid tragen?« Jetzt verstand ich. Einen Moment lang wa-

ren wir alle still.
»Wir haben viele Sicherheiten aufgegeben«, sagte Sabri nach einer Weile. »Und doch ist es heute genau so richtig, wie es ist.« Fabri und ich nickten.
»Das Verrückte ist«, fuhr Sabri fort, »und das haben wir erst viel später erkannt, dass Fabris Entscheidung nicht nur ihn glücklich gemacht hat, sondern auch noch meinen Traum wahrgemacht hat.« Sie hielt kurz inne, um wahrzunehmen, ob ich interessiert war. Ich war sogar sehr interessiert, ich saugte all das, was die beiden mir erzählten, richtiggehend in mich auf.
»Nach der Schule wäre ich liebend gern ins Ausland gegangen«, erzählte sie. »Ich wollte nach England, nach Amerika, nach Kanada … Ich hatte so viele Träume, so viele Fantasien! An einem Tag sah ich mich auf einer großen Farm arbeiten, als Cowgirl«, sie lachte, »an einem anderen Tag im Businesskostüm mit einer Mega-Karriere in einer großen Firma … Doch meine Eltern … haben es nicht erlaubt.« Sie hielt kurz inne, sah Fabri an und ich spürte den Schmerz, den dies damals für sie bedeutet haben musste.
»Mein Vater war streng – besser gesagt: resolut«, meinte sie. »Was er nicht erlaubte, das fand nicht statt – basta. Die Ausbildung am Gericht erlaubte er mir zum Glück. Das war ein Segen für mich, ein guter Platz.« Sie schmunzelte.
»Fabri und ich haben uns dort kennengelernt. Tja, und nach unserer Heirat dauerte es nicht lange, dann

kamen unsere beiden Kinder. Fabri machte eine tolle Karriere ... Da war es erst einmal aus mit dem Reisen und der Freiheit ... Aber«, in ihren Augen blitzte es auf. »es gibt ja schließlich noch andere Bahnhöfe und Stationen! Nur weil ein Zug nicht mehr fährt, heißt das ja nicht, dass nicht noch andere Züge kommen! Und so haben wir beide überlegt: Wenn wir schon nicht in die Welt können, dann holen wir uns die Welt ins Haus! Und so entstand die Idee vom B&B.«

»Was für eine tolle Geschichte«, sagte ich bewundernd. Fabri sagte: »Danke. Und jeder, der zu uns hierherkommt, bringt etwas von seinem Land und von seiner eigenen Geschichte mit. Es ist immer Leben bei uns. Pralles, vielfältiges Leben! England, Australien, Frankreich, Belgien, Deutschland, Ungarn ... Manche von unseren Gästen kommen immer wieder, weil es ihnen hier so gut gefällt.«

Ich wusste einen Moment gar nicht, was ich sagen sollte. Aus einer Enttäuschung, einem Traum, der nicht zur Realität werden durfte, war etwas komplett Neues geboren worden. Und statt in Bedauern und Bitterkeit zu versinken, hatten Fabri und Sabri etwas erschaffen, das den Traum auf andere Weise erfüllte. Anders – und doch gut. Welch großartige Wendung. Und welchen Mut die beiden bewiesen hatten.

Ein Bild kam mir in den Sinn: Die beiden hatten den Umständen auf charmante Weise ein Schnippchen geschlagen und das Beste aus ihrem Leben gemacht. Spä-

ter am Abend saß ich mit einem Glas Wein auf meinem Balkon, angenehm satt und erfüllt von den köstlichen Salaten und Antipasti, die Sabri vorbereitet hatte. Ich hatte bereits kurz mit Andreas telefoniert. Er war von meinem Bericht über das B&B und die herzlichen Gastgeber ebenso begeistert wie ich.
»Wir sollten wohl doch noch unsere Trattoria in der Toskana aufmachen!« hatte er lachend gemeint.
»Ja, wer weiß«, sagte ich lächelnd. Es war lange her, seit wir das letzte Mal darüber gesprochen hatten. Mit liebevollen Gute-Nacht-Küssen in den Hörer hatten wir aufgelegt.
In der Zwischenzeit war es dunkel geworden. Nur noch wenige Autos bewegten sich durch die Gasse unten.
Du könntest auch eine mutige Geschichte schreiben, hörte ich meine innere Stimme plötzlich sagen.
Sie war den ganzen Abend still gewesen. Wahrscheinlich hatte sie Fabri und Sabri ebenso gespannt gelauscht wie ich. Was meinst du damit?, fragte ich. Es kam nicht gleich Antwort.
Es ist Zeit, dich auf den Weg zu machen. Auf deinen Weg, sagte sie schließlich. Und du weißt es, liebe Anna. Tief in deinem Inneren weißt du es schon lange. Damit überließ sie mich der Stille der warmen Nacht.

WELCHEN WUNSCH HAST DU DIR NOCH NICHT ERFÜLLT?

5

KAPITEL

DER LIEBE AUF DER SPUR

Mit Leichtigkeit auf dem Weg zum Glück anstatt in der Sackgasse des Lebens verharren.

Fabri und Sabri waren nirgends zu sehen, als ich am nächsten Morgen in die Küche kam. Auf dem Frühstückstisch waren Croissants, gefüllt mit Pistaziencreme, hausgemachtes Brot mit Orangenmarmelade und Mandelgebäck. Sabri war sicher schon bei Gericht. Und Fabri hatte gestern erzählt, dass er es liebte, morgens zum Markt zu fahren. Es war erst kurz nach halb acht. Ich machte mir eine Tasse Kaffee, setzte mich auf den Balkon, blätterte in einem Fotoband, der aufgeschlagen auf einem der Tische lag, und lauschte den Geräuschen der Vögel und der Stadt hinter den Häusern. Danach zog es mich auf einen Erkundungsgang.

Sabri hatte erwähnt, dass in Siracusa heute auch Markttag war. Das wäre doch sicher ein schönes Erlebnis. Als ich gegen halb neun auf den Gehsteig trat, war schon viel los. Elegant gekleidete Frauen und Männer waren ins Büro oder zu Terminen unterwegs. Ältere Herrschaften gingen mit Taschen und Körben ausgestattet zum Einkaufen. Ich wollte gerade die Straße zu meinem Auto überqueren, da hörte ich neben mir ein lautes Hupen. Es klang wie von einer Vespa.

»Verzeihung, wenn ich Sie erschreckt habe.«

Der junge Mann am Lenkrad nahm seine Sonnenbrille kurz ab. Seine dunklen Augen blitzten mich charmant an. Er hatte auffallend schöne Zähne und einen gepflegten Dreitagbart. Ich schätzte ihn auf Anfang, Mitte 30. Unter einer hellgrauen, modischen Schirmmütze schaute dunkelbraunes Haar hervor. Seine Haut an Gesicht und Armen war von der Sonne gebräunt. Er trug braune Mokassins, Jeans und ein weißes Leinenhemd. Im Gegensatz zu seinem hochwertig und leger wirkenden Outfit sah sein motorisiertes Dreirad, eine Ape, eher bescheiden aus. Hinten gab es eine gepolsterte Sitzbank. Offensichtlich war alles in Handarbeit gefertigt. Am Rahmen war ein Werbeschild mit der Aufschrift – Deine schönste Tour durch Siracusa – und einer Telefonnummer befestigt. Es wirkte schon wieder sympathisch.
»Darf ich Ihnen die Stadt zeigen«, fragte mich der junge Mann und machte eine einladende Handbewegung zu seiner Sitzbank. Ich zögerte.
Zu Fuß hatte ich schon so manche Stadt erkundet und wundervolle Plätze fernab der Empfehlungen der Reiseführer entdeckt. Eigentlich war dies auch für heute mein Plan gewesen. Sollte ich mit ihm fahren?
»Geben Sie mir eine Stunde und ich zeige Ihnen die schönsten Plätze in Ortigia und Siracusa. Versprochen!« Ich lächelte amüsiert. Selbstbewusstsein hatte er, der junge Mann, das musste man ihm lassen.
»Wie viel kostet die Fahrt denn«, fragte ich.

»80 Euro«, gab er ohne Zögern zurück.
»Sie werden es nicht bereuen, es wird die großartigste Fahrt Ihres Lebens.«
Hinter uns hupten Autos. Ich musste entscheiden. Sollte ich, sollte ich nicht? Also gut. Ich nickte.
»Super, ich freue mich. Ich heiße übrigens Antonio!«
»Anna.« Er reichte mir die Hand und half mir dann wie ein Kavalier auf die Sitzbank. Sie war bequemer, als ich gedacht hatte. Etwas unsicher sah ich mich um. Zum Anschnallen gab es nichts. Und wohin mit meiner Handtasche? Ich legte mir den Riemen vorsichtshalber quer über die Brust.
»Entspannen Sie sich!« rief Antonio nach hinten, als hätte er es gespürt. Dann schwang er sich auf den Vordersitz und fuhr los. Sein Aftershave wehte mir leicht entgegen, als wir uns in Bewegung setzten. Es roch wirklich gut.
Ich war über mich selbst und meine Gedanken überrascht. Antonio fuhr mit Leichtigkeit durch die morgendliche Stadt. Viele Menschen schienen ihn und seine Ape zu kennen, riefen ihm Grüße zu. Er erwiderte sie nach rechts und links mit Winken und ein paar Worten. Auf erstaunliche Weise verlor er nie die Aufmerksamkeit und Konzentration. Er schien immer zu wissen, was er tat.
Ein SUV ließ uns überraschend die Vorfahrt an einer Straßenkreuzung. Sieh an, dachte ich, so geht es auch. Man muss sich nicht für den Größten halten, nur weil

man ein großes Auto fährt. Antonios Blick und meiner trafen sich in seinem Rückspiegel.
»Ich fahre Sie zuerst zum Markt«, rief er.
»Um die Zeit ist es noch angenehm, weil noch nicht so heiß.« Wie schön. Ich freute mich, dass er die Idee mit dem Markt auch gehabt hatte. Wir überquerten die schmale Brückenstraße, die Ortigia mit Siracusa verband. Mein Haar wehte im Fahrtwind, und ich sog die Brise vom Meer tief in mich auf. Herrlich! Nachdem wir die Brücke verlassen hatten, bog Antonio von der Hauptstraße ab und bahnte sich seinen Weg durch kleinere, ruhigere Gassen.
»Mögen Sie Museen und Kirchen oder lieber moderne Sachen«, fragte er.
»Ich möchte Ihnen das zeigen, was Ihnen Spaß macht.« Ich musste lächeln.
»Sehr aufmerksam von Ihnen!« Flirtete ich etwa mit ihm?
Meine innere Stimme grinste belustigt. Und wenn schon, Anna, ist ein wenig Spaß zu haben etwa verboten? Es macht das Leben leichter. Manchmal vergisst du das.
Da hatte sie nicht ganz unrecht. Im normalen Leben war ich oft auf meine Aufgaben und Verpflichtungen konzentriert. Klar gingen Andreas und ich auch mal aus. Doch ich investierte eben auch viel Zeit in meinen Beruf, fiel mir auf. Und in der Zahlenwelt gab es nicht viel zu lachen.

»Tatsächlich würde ich gern die Kathedrale sehen. Und besonders mag ich schöne, geschichtsträchtige Plätze«, antwortete ich schnell, als ich bemerkte, dass ich Antonio noch gar nicht geantwortet hatte.
»Prima, dann weiß ich schon, wohin ich Sie bringe«, meinte er zufrieden. »Und jetzt sehen Sie gleich auch schon den Markt!« Unvermittelt bremste er scharf. Eine Dame, die um die 80 sein durfte, überquerte direkt vor uns die Straße. Sie hob schimpfend den Arm, hatte sich offensichtlich durch das Quietschen der Bremsen erschreckt und Antonio erst dadurch wahrgenommen. Antonio stieg zu meiner Überraschung ab, nahm die Dame bei der Hand, stellte sich ihr mit Namen vor und entschuldigte sich in aller Form. Anschließend lud er sie zu einer kostenfreien Rundfahrt oder Einkaufsfahrt ein, wann immer sie wollte.
»Eine Shoppingtour, nur für Sie«, rief er fröhlich. Sie schüttelte den Kopf.
»Shopping brauche ich in diesem Leben nicht mehr, mein Junge, aber meinen nächsten Gemüseeinkauf, den darfst du mit mir machen.« Antonio lachte und überreichte ihr eine bedruckte Karte, auf der sein Name und seine Telefonnummer standen. Die beiden verabschiedeten sich herzlich und die ältere Dame ging ihres Wegs. Ich musste lächeln. Das war doch viel schöner, als sich gegenseitig zu beschimpfen und im Groll weiterzufahren. Antonio drehte sich kurz zu mir um:

»Sorry für die kleine Unannehmlichkeit.« Seine Augen blitzten wieder. Ob er eine Freundin hat, fragte ich mich? Und was sie jetzt gerade wohl machte? Eigentlich ging mich das ja gar nichts an.
He, bist du eine Nonne oder was, Anna? Du musst dir nicht immer gleich deine Gedanken verbieten. Da war sie wieder, meine innere Stimme. Im Leben interessieren wir uns nun mal für andere Menschen! Du verbietest dir sowieso viel zu viel, wenn ich das mal so sagen darf.
Ich seufzte und war froh, dass Antonio meinen inneren Dialog nicht mitbekam. Tatsächlich, auch in diesem Punkt, musste ich meiner inneren Stimme recht geben. Ich war oft streng zu mir, regelrecht hart und unnachgiebig. Anderen Menschen konnte ich ihre Fehler viel schneller verzeihen – mir selbst nicht. Woher kam das bloß? Wenn ich Antonio so erlebte und auch die anderen Menschen, die ich hier in Sizilien kennenlernen durfte, dann schienen sie alle mit viel größerer Leichtigkeit zu leben. Ihr Leben war auch herausfordernd, streckenweise sogar sehr herausfordernd. Doch sie strahlten eine größere Leichtigkeit aus und nahmen nicht alles so todernst, wie ich es oft tat.
Als wir um die nächste Ecke bogen, ging mir das Herz auf und es war, als wollte jemand zu mir sagen: Schau, Anna, so kann Leben auch sein. Purer Genuss! Ich konnte die Farben und Düfte des Markts schon sehen

und riechen, bevor wir die Stände erreichten: Obst, Gemüse, Gewürze, Blumen ... Ein Fest für die Augen und alle Sinne!

»Ich parke hier und trinke dort drüben einen Espresso«, kündigte Antonio an. »Schauen Sie sich in aller Ruhe um. Ich warte geduldig auf Sie. Und diese Pause gehört natürlich nicht zur Fahrtzeit. Sie erhalten meine volle Zeit für Ihr Geld.« Er lächelte bei diesen Worten.

Hatte er das Gefühl, dass ich darüber nachdenken würde? Nein, das konnte er ja nicht wissen. Doch ich fand es schön, dass er mit wenigen Worten gleich für Beruhigung sorgte. Hatte er das irgendwo gelernt? Oder lag es ihm einfach im Blut?

Wieder ganz Gentleman stand er bereit und half mir aus meinem Sitz, bis ich sicher auf dem Gehsteig stand. Ich musste zugeben, dass ich diese kleinen Gesten als sehr angenehm empfand. Ich fühlte mich nicht etwa als hilflose Frau. Doch diese Art von Charme hatte etwas, das ich zu Hause oft vermisste.

Begeistert und ganz berauscht von den wundervollen Eindrücken kehrte ich nach einer Weile zu dem Café zurück, in dem Antonio an einem runden Tisch unter einem Sonnenschirm wartete. Er hatte die Sonnenbrille auf die Stirn geschoben und sah entspannt aus. »Möchten Sie auch einen Kaffee?« Er lud mich ein und wir genossen noch einen Moment das bunte Treiben des Marktes. Anschließend bat Antonio die Bedienung um zwei Flaschen stilles Wasser und drückte mir wie selbstverständlich eine davon in die Hand.

»Die Sonne wird gleich deutlich wärmer.« Ich bedankte mich. Wir stiegen wieder auf seine Ape und er zeigte mir den archäologischen Park, den Hafen, das Theater und einige wunderschöne Plätze, die ich allein nie entdeckt hätte. Zwischendurch hielt er immer wieder an, ließ mich aussteigen und in aller Ruhe ein paar Fotos machen. Er schien überhaupt keine Eile zu haben, sondern die Tour ebenso zu genießen wie ich. In der Antike hatten über eine Million Menschen hier in der Stadt gewohnt, erzählte er mir. Kaum vorstellbar.

Überhaupt wusste Antonio sehr viel Schönes zu berichten und tat dies auf eine lockere, angenehme Art. Seine Fahrt wirkte eher wie ein Spaziergang mit einem Freund, nicht wie eine touristische Führung. Wir waren schon anderthalb Stunden unterwegs, doch er sah nicht auf die Uhr.

»Jetzt zeige ich Ihnen noch unser schönes Ortigia«, meinte er fröhlich. Ich zögerte.

»Ich möchte aber nicht zu viel Ihrer Zeit beanspruchen«, meinte ich. »Sie haben sicher noch mehrere Fahrten heute.« Er winkte ab.

»Das lassen Sie meine Sorge sein«, meinte er lachend. »Bei so netter Gesellschaft wie Ihnen vergesse ich immer die Zeit.«

»Hatten Sie denn schon andere Gäste, mit denen es Ihnen keinen Spaß gemacht hat«, wollte ich wissen. »Oh ja, ganz am Anfang!« rief er. »Da hatte ich noch nicht die richtige Einstellung. Bis ich in einem Buch darüber las, dass wir das bekommen, worauf wir uns innerlich ausrichten. Und da habe ich angefangen, mir vorzustellen, dass ich nur nette und unkomplizierte Kund:innen habe. Menschen, die das wertschätzen, was ich ihnen zu geben habe. Und – voilà. Es kommen nur noch Menschen wie Sie!« Er strahlte mich an.
»Ein guter Freund, der ein Restaurant hat, hat außerdem immer zu mir gesagt: Jeder bekommt die Gäste, die er verdient. Und er hat recht!« Konnte es wirklich so einfach sein? Bei Antonio wirkte es so. Bei Fabri und Sabri auch. Und wenn ich so zurückdachte, passte es auch auf den Agriturismo von Sofia und ihrer Familie. Interessant.
In Ortigia angekommen, hielt Antonio mit mir am Diana-Brunnen. Die Skulptur darin zeigte zwei wunderschöne Körper, Mann und Frau, die wie Wasserwellen übereinander schwammen.
»Meine Großeltern haben sich an diesem Brunnen kennengelernt«, erzählte mir Antonio, nachdem wir eine Weile auf das Wasser geschaut und ich die Geschichte des Brunnens auf einer Tafel gelesen hatte. »Meine Großmutter war mit einer Freundin spazieren, als ihr hier genau vor dem Brunnen ein Riemen

ihrer Sandale riss. Da sie nicht nach Hause humpeln wollte, bat sie ihre Freundin, ihr ein anderes Paar Schuhe aus der Wohnung zu holen. Ihre Freundin lief also mit dem Hausschlüssel los. Und während meine Großmutter hier wartete, kam mein Großvater und sprach sie an. Er war mit seinem Bruder zu Besuch in der Stadt.« Antonio lächelte, als wäre er selbst bei diesem Moment dabei gewesen.

»Und so nahm eine große Liebe hier ihren Lauf … Heute sind die beiden über 90 und immer noch verliebt! Sind Sie verheiratet«, fragte er mich unvermittelt. Ich nickte und erzählte ihm, dass es Andreas in meinem Leben gab und dass wir sehr glücklich waren.

»Das freut mich sehr für Sie«, meinte Antonio.

»Und bei Ihnen? Gibt es eine Frau an Ihrer Seite?«, wollte ich nun aber auch wissen. Antonio schüttelte den Kopf.

»Ich hatte vor zwei Jahren eine sehr glückliche Beziehung. Aber Nadia wollte gern nach Norditalien ziehen und das kam für mich nicht infrage. Aber – eines Tages steigt die Liebe meines Lebens auf meine Ape und fährt mit mir zusammen weiter«, meinte er überzeugt und deutete auf seinen Rücksitz. Ich lächelte und nickte. Das glaubte ich ihm sofort und konnte es mir jetzt schon vorstellen, wie romantisch das sein würde.

Er zeigte mir noch weitere Sehenswürdigkeiten der schönen Halbinsel. Zum Abschluss hielt er vor der

Kathedrale. Ich griff in meine Handtasche, um mein Portemonnaie herauszuholen und ihm sein Geld zu geben. Doch er schüttelte den Kopf.

»Wissen Sie, ich habe mir gerade überlegt, ob wir noch zusammen Mittagessen gehen? Eine Kleinigkeit in einem Restaurant, das einem Freund von mir gehört? Er macht auch sehr guten Fisch. Natürlich nur, wenn Sie Lust haben. Ich würde gern noch etwas über Ihr Leben in Deutschland erfahren.« Wieder lächelte er sehr charmant. Dieser Mann war so interessant und wollte mit mir zu Mittag essen gehen?

Nun sag schon Ja, was ist schon dabei, rief meine innere Stimme. Ihr geht nur zusammen essen!

Das stimmte. Außerdem wusste Antonio ja, dass es Andreas gab. Also nickte ich.

»Gerne«, sagte ich. Wobei ich das Gefühl hatte, dass es über mein Leben gar nicht so viel Spannendes zu erzählen gab.

»Also dann«, schlug Antonio vor. »Sie schauen sich ganz in Ruhe die Kathedrale an, und ich setze mich da vorne zu Benedetto ins Restaurant.« Er zeigte auf die kleine Lokalität mit Außentischen ganz in der Nähe. »Wenn Sie so weit sind, kommen Sie einfach zu mir. Und lassen Sie sich Zeit«, rief Antonio mir nach. Auf der Schwelle der Kathedrale umfing mich die Energie längst vergangener Tage. Sofort empfand ich Ehrfurcht und großen Respekt vor den Menschen, die dieses Bauwerk erschaffen hatten. Angenehm kühl und still war es im Innenraum. Ein feiner Hauch von Weihrauch lag in der Luft. Außer mir waren nur eine Handvoll Menschen hier, die sich andächtig die kunstvollen Gemälde und Skulpturen anschauten oder auf einer Bank ihren eigenen Gedanken nachhingen. Auf einem Schild stand geschrieben, dass der Vorgänger dieser Kathedrale ein Tempel gewesen war, der der Göttin Athene geweiht war. Ein Foto hinter Glas zeigte ihre Nachbildung. Eine große Kraft ging von ihr aus. Ich setzte mich auf eine Bank und dachte an die vielen Menschen, die vor mir hier ein- und ausgegangen waren.

Welche Geschichten hatten sie erlebt? Welche Träume hatten sich erfüllt, welche mussten begraben werden, weil es die Zeit oder die Umstände nicht zuließen? Wer würde hier auf diesem Platz sitzen, wenn ich einmal nicht mehr existierte? Und was würde ich zurücklassen? Sicherlich keine Skulptur und auch kein Gemälde, darin lag nicht mein Talent. Was konnte es sein?

Jeder Mensch hat seine inneren Schätze, sagte meine innere Stimme.

Innere Schätze. Da waren sie wieder. Diese beiden Worte hatte auch Angela schon benutzt. Was hatten sie bloß zu bedeuten? Ich spürte, dass darin eine wichtige Botschaft für mich enthalten war. Doch ich konnte sie noch nicht ganz greifen. Als ich wieder in die Sonne des Tages trat, winkte mir Antonio freudig zu. Ich lief zu seinem Tisch. Er stand auf und rückte meinen Stuhl zurecht.

»Danke schön«, sagte ich erfreut. Wäre Andreas überrascht oder vielleicht sogar genervt, wenn ich ihn bitten würde, diese kleinen, feinen Gesten auch zwischen uns einzuführen? Oder würde er es womöglich gern für mich tun und war dankbar für meinen Hinweis? Ich nahm mir vor, es zu Hause in Ruhe anzusprechen. »Hat Ihnen die Kathedrale gefallen«, fragte Antonio. »Sehr«, antwortete ich.

Und weil ich dieses eine Wort nicht als ausreichend empfand, um mein Erlebnis zu beschreiben, und weil ich darüber hinaus das Gefühl hatte, es interessierte Antonio wirklich, erzählte ich ihm von den Gedanken, die mir in der Kathedrale durch den Kopf gegangen waren. Antonio nickte nachdenklich, als ich endete.

»Ja, was können wir hinterlassen …?« »Nun, Sie zum Beispiel hinterlassen eine sehr schöne Erinnerung bei ihren Kund:innen. Bei mir zumindest«, sagte ich. Seine Augen leuchteten auf.

»Danke, dass Sie das sagen. Das macht mich glücklich.« Die junge Kellnerin nahm unsere Bestellung auf. Wir entschieden uns für Arancini. Ich wählte eines mit einer Füllung aus Tomaten und Mozzarella, Antonio nahm das mit Hackfleisch und Erbsen. Dazu bestellte er zwei Gläser Prosecco.

Ich wollte zunächst protestieren. Mittags trank ich

normalerweise nie Alkohol. Doch die Kellnerin war schon wieder gegangen. Als wir kurze Zeit später die Gläser hoben und uns zuprosteten, dachte ich: Ja, das ist schön. Eine gute Idee von Antonio.

Im Urlaub und in besonderen Momenten darf man auch mal Dinge ausprobieren, die man sonst nie tut.

Meine innere Stimme schien sehr zufrieden.

Die Arancini erinnerten mich an Fabris Erzählung aus seiner Kindheit. Interessant, wie sich all meine Erfahrungen hier in der Stadt miteinander verwoben. Als hätte jemand im Hintergrund ein feines Netz gewebt und sich gedacht: Genau so soll es sein.

»Ich gehe auch sehr gern in die Kathedrale«, teilte Antonio mit mir. »An unruhigen Tagen erdet sie mich. Und an ruhigen Tagen inspiriert sie mich.«

Ich nickte. Das konnte ich gut verstehen.

»Das ist im Übrigen auch der Grund, warum ich gerne hier lebe«, fuhr er fort. »Unsere Stadt ist modern und antik zugleich. Und mit antik meine ich nicht verstaubt, sondern dass sie den Geist der früheren Zeit noch lebendig atmet. Sie will uns daran erinnern, wo wir herkommen, und ich denke, sie möchte uns auch zeigen, was alles möglich ist. Auch ohne große Technik. Einfach mit unseren Händen und unserem kreativen Geist.«

Ich sah ihn bewundernd an. Antonios Art zu denken erschien mir ungewöhnlich für sein Alter.

Die Bedienung brachte unsere Getränke und einen

Gruß des Hauses in Form einer großen Orangenscheibe, angemacht mit Olivenöl, Salz und Pfeffer. Meine anfängliche Skepsis verwandelte sich in puren Genuss.

»Wie sind Sie denn eigentlich auf die Idee gekommen, Touren anzubieten«, fragte ich ihn.

»Oh, man könnte sagen, dass es Zufall war«, antwortete er. »Doch ich persönlich glaube nicht an Zufälle. Es gab eine Zeit vor ein paar Jahren, in der es mir nicht gut ging. Ich fühlte mich orientierungslos, hatte kein Ziel«, antwortete er ehrlich. »Ich hatte null Ahnung, was ich tun sollte. Einen Beruf wie mein Bruder wollte ich nicht wählen. Er ist Experte für Vertrieb, fliegt um die halbe Welt und trägt jeden Tag eine hohe Verantwortung.

Und meine Schwester ist Krankenschwester in Bergamo. Ich liebe sie beide sehr, doch ich hatte schon oft das Gefühl, dass die beiden kein sehr gesundes Leben führen. Wenn Sie verstehen, was ich meine. Sie leisten großartige Arbeit – für andere. Doch sie selbst sind oft erschöpft. Das gefällt mir nicht. Ich möchte das für mich anders haben.« Das verstand ich sehr gut.

»Ich war schon kurz davor, Sizilien ebenfalls zu verlassen und mein Glück in Deutschland oder Kroatien in der Gastronomie zu suchen. Aber überzeugt war ich nicht. Es kam nicht von Herzen«, gab er zu. »Mit meinem letzten Geld besuchte ich damals einen

Freund in Barcelona. Dort in der Stadt sah ich einen Mann, der ein ähnliches Fahrzeug wie ich hatte. Ich kam mit ihm ins Gespräch und er erzählte mir von seinem Leben und seinem Geschäft. Mit drei bis vier Fahrten am Tag konnte er gut leben, hatte Spaß am Austausch mit seinen Gästen, war an der frischen Luft und konnte abends zu normaler Zeit mit seiner Familie essen und den Tag beschließen. Vorher hatte er 60 Stunden in einem anderen Job gearbeitet.« Antonio lächelte mich an und seine dunklen Augen blitzten wieder. »Als ich das hörte, wusste ich: Das will ich auch!« Ich nickte.

Seine Begeisterung steckte mich an. »Wieder zurück hier in Ortigia habe ich alles, was ich noch hatte, in diese Ape investiert und habe sie mit Hilfe eines Freundes umgebaut.« Er deutete auf sein Gefährt. »Ohne Businessplan und ohne Werbebudget. Im Internet habe ich meinen ersten Flyer selbst gestaltet, drucken lassen und überall verteilt. Und damit bin ich losgefahren, jeden Tag, und habe die Menschen angesprochen. Sie mochten mich und meine Art und stiegen ein. Das war der Anfang.« Wow, was für eine Geschichte, dachte ich.

So mancher Unternehmer konnte sich von Antonios Klarheit, Entschlusskraft und auch seinem Urvertrauen eine Scheibe abschneiden. Dann wollte Antonio mehr über mich und meine Projekte wissen, und ich erzählte es ihm.

Als ich endete, sah er mich bewundernd an: »Anna, Sie sind eine tolle Frau, wissen Sie das? Ihr Mann kann sich sehr glücklich schätzen, Sie an seiner Seite zu haben.« Ich spürte, wie ich rot wurde.
»Entschuldigung, wenn ich etwas Falsches gesagt habe«, sagte er. »Ich wollte einfach zum Ausdruck bringen, dass Sie für mich einen klaren Kopf besitzen und gleichzeitig ein großes Herz.« Wieder lächelte er strahlend.
»Vielen Dank«, sagte ich. Meine Wangen brannten immer noch leicht und mein Herz klopfte schnell, doch es fühlte sich angenehm an. Als hätte jemand meinem Herzen einen kleinen Impuls versetzt, der es wieder etwas lebendiger und freudvoller schlagen ließ. Die Arancini waren köstlich und ich beschloss, Antonio einzuladen. Ich wusste, dass er dies nicht erwartete, doch es machte mir Freude, ihm eine Freude zu machen. Er hatte mir eine wunderschöne Fahrt beschert, die ich gerne wertschätzen wollte. Das sagte ich ihm auch.
»Ja, ich kann halten, was ich verspreche. Manchmal zumindest!«, scherzte er und wir beide lachten. Ich gab ihm auch sein Geld für die Fahrt. Mehr zu nehmen, lehnte er partout ab. Wir verabschiedeten uns herzlich und wünschten uns gegenseitig alles Gute.
»Nächstes Mal fahren wir zusammen mit Andreas!« rief er und winkte zum Abschied. Dann fuhr er davon, der charmante junge Mann, der sich selbst und

seinen Weg so gut kannte. Und ich war nicht nur dankbar für die Fahrt, sondern auch für die Momente, in denen er heute die Weiblichkeit in mir wiedererweckt hatte.

WAS BEDEUTET LIEBE FÜR DICH?

6

KAPITEL

DIE INNERE STIMME WEIST DEN WEG

Das Leben ist die Leinwand, auf der wir unsere eigene einzigartige Kunst schaffen dürfen.

Am Nachmittag wollte ich unbedingt noch die Szene-Bar mit dem nachhaltigen Interieur besuchen, die ich im Magazin bei Teresa entdeckt hatte. Allerdings sehnte ich mich nach den vielfältigen Eindrücken des Vormittags zunächst nach einer kurzen Pause. Jede Minute dieser Reise schien mir zu kostbar, um sie zu verschlafen. Doch ich wollte die letzten Stunden hier auf der Halbinsel auch mit wachen Sinnen genießen.

Sehr gut, lobte mich meine innere Stimme. Früher hättest du diese Signale übergangen und hättest dich erschöpft durch den Tag geschleppt. Bin stolz auf dich!

Ich lächelte. Danke, sagte ich innerlich. Nach einem kurzen Powernap schlüpfte ich erfrischt und voller Tatendrang in meine leichte Stoffhose und eine Bluse. Im Internet fand ich die Adresse der Bar. Sie lag nur wenige Minuten zu Fuß entfernt. So machte ich mich auf den Weg.

In der Stadt war weniger los als am Mittag. Die Stoßzeiten würden erst später wieder einsetzen. Dafür waren Schulkinder und einige Jugendliche unterwegs. Munteres Geplauder erfüllte die Luft. Ich war nicht lange unterwegs, da kam mir schon der feine Duft von frischem Kaffee und süßem Gebäck entgegen. Sah ganz so aus, als wäre ich an meinem Ziel angekommen! Bereits der Eingang mit seiner Kombination aus Glas, Metall und Holz verlockte zum Schauen und Staunen. Mit ehrfürchtiger Vorfreude ging ich hinein. Es war erstaunlich viel los um diese Uhrzeit. Gleichzeitig wirkte der Raum luftig und leicht.

Eine zierliche junge Frau mit kinnlangen dunklen Locken grüßte mich freundlich und lud mich ein, Platz zu nehmen, wo immer ich mich wohlfühlte. Ich wählte eine hohe Sitzbank an einer hellen Wand, von der ich das Innere der Bar und auch die draußen vorbeilaufenden Menschen gut betrachten konnte, und bestellte einen Kaffee.

Die Einrichtung war tatsächlich faszinierend und ich erkannte manches von den Fotos im Magazin wieder. Alle Tische, Bänke und auch die Wanddekoration waren deutlich erkennbar aus wiederverwerteten Materialien hergestellt: Holz, Metall, Papier, Glas … Alles hatte schon einmal eine andere Verwendung gehabt. Und doch passte alles perfekt zusammen. So als hätten diese Materialien nur darauf gewartet, ihre letztliche Bestimmung in dieser Bar zu finden.

Selbst auf Details wie Untersetzer und Wandhaken hatte die Inhaberin dieser Lokalität äußerste Sorgfalt gelegt. Überall waren ihre Liebe, Kreativi-

tät und Achtsamkeit spürbar. Die junge Bedienung brachte mir meinen Kaffee zusammen mit einer kleinen Trüffelpraline aus dunkler Schokolade und Pistaziensplittern.
»Genießen Sie es«, meinte sie und wollte schon wieder gehen.
»Darf ich Sie etwas fragen?« wandte ich mich an sie. »Sind Sie die Besitzerin? Haben Sie das alles hier gemacht?« Die junge Frau lächelte.
»Oh, nein, nein, das ist alles Manuelas Werk. Manuela ist Schreinerin. Sie hat ein begnadetes Talent«, fügte sie bewundernd hinzu. »Alles, was sie anfasst, wird zu Gold.« Sie sah zur Tür. »Sie müsste jeden Moment hier sein. Ich stelle Sie einander gerne vor.«
Ich nickte erfreut und sie lief zur Theke zurück.
Manuela, ein kraftvoller Name, dachte ich. Und malte mir die Dame hinter dem Namen innerlich ebenfalls als kraftvolle Frau aus, mit Händen, die sich nicht davor scheuten, auch mal schwere Holzteile zu tragen und den einen oder anderen Splitter abzubekommen.
Ich genoss meinen Kaffee und die Praline mit Blick nach draußen. Wie es sein mochte, hier zu leben? Immer in diese Bar gehen zu können, wann ich wollte? Die letzten Stunden mit Blick aufs Meer zu verbringen oder auf die wunderschönen Bauwerke, die es hier überall gab?
Andreas und ich konnten uns beide gut vorstellen,

im Süden zu leben. Doch zu konkreten Schritten war es noch nie gekommen. Zu unwägbar war uns die Vorstellung bislang erschienen, zwei sichere Jobs aufzugeben und Freunde und Familie nur noch selten zu sehen. Dennoch ... Der Gedanke ließ mich nicht los.

Die meisten Menschen finden mehr Gründe, etwas nicht zu tun, hörte ich meine innere Stimme sagen. Sie klang so echt und laut, dass ich einen Moment lang dachte, sie säße neben mir. Doch der Platz neben mir war leer.

In diesem Moment ging die Tür auf und eine Frau mit schwarzen, seidig glänzenden Haaren und einem roten, fantasievoll geschnittenen Kleid kam herein. Ich schätzte sie auf Anfang 30. Ihr Lächeln ließ den Raum erstrahlen und wie magisch zog sie alle Blicke auf sich.

Sie begrüßte die Gäste an den einzelnen Tischen im Vorbeigehen. Mit den Menschen, die sie offensichtlich kannte, tauschte sie eine Umarmung und ein paar Worte.

Die junge Angestellte machte ihr einen Espresso und schien ihr von mir zu berichten. Manuela nickte erfreut zu mir herüber und einen Augenblick später standen die beiden schon vor meinem Tisch. »Hallo. Schön, Sie kennenzulernen«, sagte sie mit klarer, angenehm lauter Stimme und schüttelte mir die Hand, »ich bin Manuela!« »Anna«, antwortete ich.

»Und die Freude ist ganz meinerseits.«
»Anna gefällt es hier so gut. Ich dachte, Ihr möchtet euch vielleicht etwas austauschen.« Mit diesen Worten verschwand die junge Kellnerin wieder an den Tresen. »Ich freue mich immer, wenn sich unsere Gäste bei uns wohlfühlen«, sagte Carla.
»Es war ein großes Projekt, bis es hier drinnen so war, wie wir es haben wollten. Neu gekauft ist alles schneller!« Sie lachte und war mir dabei sehr sympathisch. »Wie lange haben Sie gebraucht, bis alles fertig war?«, fragte ich sie. »Neun Monate«, antwortete Manuela bereitwillig. »Manche der Möbel hatte ich schon in meiner Werkstatt restauriert. Andere mussten ganz neu gestaltet werden.« Ich sah sie bewundernd an. Ihre Hände waren fein, die Nägel rot lackiert. Keine Spuren von Splittern oder harter Arbeit.
»Wollten Sie schon immer Schreinerin werden?«, fragte ich neugierig weiter. »Ich möchte Sie aber nicht aufhalten«, schob ich entschuldigend hinterher. »Sie haben sicher viel zu tun.«
»Im Gegenteil, fragen Sie nur«, rief Manuela lächelnd. »Ich liebe es, über meine Arbeit zu sprechen. Ja, das Holz und auch andere Materialien waren mir schon immer sehr nah. Mein Vater hatte eine eigene Werkstatt.
Als Kind habe ich die meisten Nachmittage bei ihm verbracht und meine Hausaufgaben inmitten von

Sägespänen erledigt. Sehr zum Leidwesen meiner Mutter und meiner Lehrerinnen«, fügte sie mit einem Grinsen hinzu. »Mein Vater wollte auch eigentlich gar nicht, dass ich in seine Fußstapfen trete«, erzählte sie.

Das überraschte mich. Ich hatte mir schon vorgestellt, dass sie die Werkstatt ihm zuliebe weitergeführt hatte. Doch Manuela schüttelte den Kopf.

»Er hat immer zu mir gesagt: Du musst raus, Manuela, raus an die frische Luft!« Sie sah mich ernst an. »Heute weiß ich, dass er mir damit eines der größten Geschenke gemacht hat. Meinem Vater verdanke ich es, dass ich in einer wunderschönen, sehr hellen Werkstatt gleich hier um die Ecke arbeite, ganz in der Nähe des Apollon-Tempels«, meinte sie und deutete mit dem Finger in die Richtung. Sie lächelte. »Meine Fenster schauen auf den Platz der Wiedergeburt. Ist das nicht fantastisch? Letztlich ist es ja genau das, was ich jeden Tag mache: Ich hauche den Dingen neues Leben ein.« Bei ihren Worten überkam mich eine wohlige Gänsehaut. Wie wundervoll es war, Menschen wie Manuela in ihrer Bestimmung zu erleben. Alles passte zusammen, wirkte harmonisch und hatte offensichtlich seinen Platz gefunden. Zu Hause kannte ich nur wenige Menschen, bei denen ich dies spürte. Doch auf meiner Reise hier hatte ich erstaunlich viele von ihnen getroffen. Manuela schien zu erraten, was ich dachte.

»Ich war mir am Anfang nicht sicher, ob mein Plan aufgehen würde. Heute bin ich sehr froh, dass ich meinem Gefühl gefolgt bin. Auch wenn die Vorstellung, mit Holz zu arbeiten und eine eigene Bar zu eröffnen, am Anfang verrückt klang«, erzählte sie.

»Das Interessante war: Meiner besten Freundin Serena ging es genauso. Sie träumte auch schon lange von einem eigenen Lokal, und gleichzeitig ist ihre Welt die der Stoffe und Farben. Serena ist eine Göttin! Schauen Sie, sie hat mein Kleid genäht.« Manuela zeigte an sich herunter. »Wow, es ist unglaublich schön«, sagte ich bewundernd. Wenn Manuela es nicht gesagt hätte, hätte man meinen können, es sei ein Designerkleid von einem der großen Modenamen.

»So kamen wir auf die Idee, unsere Träume in einen Topf zu werfen und sie gemeinsam umzusetzen«, berichtete Carla weiter. Sie zeigte auf die Decken, Kissen und einige Wandornamente.

»Heute hat Serena ihre Stoffe und ich habe mein Holz!« Sie sah mich an.

Die Energie, die sie ausstrahlte, fühlte sich an wie eine warme Welle, die auch mich begeisterte und inspirierte. »Und auf einmal ging alles ganz schnell«, erinnerte sich Carla. »Unsere Social-Media-Community ist innerhalb weniger Wochen nach der Eröffnung sprichwörtlich explodiert. Ich weiß noch den Tag, als mir eine Reporterin von der New York

Times eine E-Mail schickte! Ich musste mich erst einmal setzen und konnte es nicht glauben. Sie wollten ein Interview mit uns!« Ich sah sie ungläubig an. Sie lachte nickend. »Unsere Eltern sind fast durchgedreht vor Freude. Wir hier am äußersten Zipfel von Sizilien – und dann die New York Times! Und so ging es weiter, wie im Taubenschlag«, erzählte sie. »Alles nahm seinen Lauf, und viel Schönes kam unerwartet. Zum Beispiel haben uns andere Kolleg:innen inzwischen gebeten, ihre Lokale für sie zu gestalten«, erzählte Manuela begeistert weiter. »Eine große Ehre für uns! Allein hier in Ortigia gibt es zwei Restaurants, die wir eingerichtet haben. Jedes hat seinen eigenen Stil. Ach«, ihr fiel etwas ein, »in einem davon findet heute Abend eine Vernissage von Davide statt. Er ist ein Freund von uns und Foto-Künstler aus Palermo. Es kommen einige interessante Leute! Möchten Sie hingehen? Serena wird auch da sein. Ich kann ihr schreiben, dass Sie kommen.«

Mich überkam ein Gefühl wie schon bei Antonio am Vormittag. Ich wurde von solch faszinierenden Menschen eingeladen, die ich gar nicht kannte, und gehörte wie selbstverständlich dazu … Wieder hatte ich freudige Gänsehaut.

Das Leben liebt dich, Anna, sagte meine innere Stimme. Wie gut, dass du es bemerkst.

Ich sagte Manuela zu, denn eine Vernissage zu besuchen, erschien mir eine wunderbare Gelegenheit, den letzten Abend hier in Ortigia zu verbringen.

»Ich finde es sehr schön, wie Sie alle zusammenarbeiten«, hörte ich mich sagen und war über mich selbst überrascht. Der Gedanke war mir gerade erst gekommen. »Sie und Serena, Davide und auch Ihre Hilfe für die Kolleg:innen«, meinte ich erklärend.

»Toll, dass Ihnen das auffällt«, rief Manuela. »Genauso ist es. Und wir wollen noch viel mehr auf die Beine stellen. Auch andere Künstler:innen, die ein Talent haben, sollen ihre Arbeiten hier bei uns im Laden zeigen können! Vor allem der Support von Frauen ist uns wichtig. Da gibt es oft noch zu viel Konkurrenz draußen in der Welt«, teilte sie offen mit mir. Sie sah mich mit leuchtenden Augen an.

»Haben Sie nicht auch etwas, das Sie bei uns ausstellen möchten?« Ich musste lachen und dachte an meine Excel-Tabellen und Zahlenreihen.

»Ich glaube nicht, dass das, was ich mache, besonders dekorativ ist«, meinte ich und erzählte ihr von meinem Beruf. Sie lachte herzlich mit mir. Dann wurde sie wieder ernst.

»Wir sollten nie ‚nie' sagen. Immer groß denken – und weit. Grenzenlos! Wer weiß, was Sie und ich eines Tages tun. Das können wir beide heute noch gar nicht wissen.« Ihre Worte berührten etwas tief in meinem Herzen und ich nickte.

»Sie haben vollkommen recht«, sagte ich und war

ihr dankbar für diesen Impuls. Carla nahm ihre leere Tasse und wandte sich zum Gehen.
»Ich würde mich so gerne noch länger mit Ihnen austauschen! Aber ich darf mich noch um ein paar Aufgaben kümmern und später habe ich noch Termine«, sagte sie freundlich.
»Sie haben mir mehr Zeit geschenkt, als ich gehofft habe«, erwiderte ich lächelnd. Sie reichte mir die Hand zum Abschied.
»Danke, Anna. Es war wirklich schön, Sie kennenzulernen. Kommen Sie bald wieder!« Das versprach ich ihr. Ihre junge Mitarbeiterin brachte mir noch eine Postkarte mit der Adresse und Uhrzeit der Vernissage.
Beschwingt verließ ich kurze Zeit später die Bar und trat in die Sonne hinaus, die mit ihren warmen Strahlen sanft über meine Wangen strich, als wollte sie sagen: Schau, Anna, so zauberhaft kann es sein, mit den richtigen Menschen in Kontakt zu sein. Und so natürlich!
Und dann roch ich den besonderen Duft wieder, der mich schon bei meiner Ankunft im Agriturismo vor wenigen Tagen willkommen geheißen hatte. Ich hatte den Seifenladen betreten. Wie so vieles hier auf der Halbinsel lag auch er nur wenige Minuten zu Fuß entfernt.
Die schick gekleidete Angestellte im Laden und ich verstanden uns auf Anhieb. Sie hatte grau meliertes,

kurzes Haar, strahlend blaue Augen und einige Fältchen um Augen und Lippen. Gelebtes Leben, dachte ich erfreut und fand es schön, dass sie ihre Markenzeichen nicht künstlich kaschiert hatte.
Man sah ihr an, dass sie große Freude hatte, hier im Laden zu sein, und dass sie eine große Liebe mit den Produkten verband. Unaufdringlich stellte sie mir einige ihrer Neuheiten vor, und ich fand sofort etwas für meine Mutter, die Mutter von Andreas und auch für zwei Freundinnen. Denn so warm es hier in Sizilien auch noch war – in wenigen Wochen stand Weihnachten vor der Tür!
Ich erfuhr, dass die Gründerin der inzwischen über das Land hinaus bekannten Marke eine gebürtige US-Amerikanerin war. Sie hatte den Duft vor einigen Jahren auf Sizilien entdeckt, ihn weiterentwickelt, eine Produktserie entwickelt und im Laufe der Zeit mehrere Geschäfte eröffnet.
Das erinnerte mich ein wenig an Manuela. Auch die Inhaberin des Seifenladens hatte aus etwas Bestehendem etwas Neues kreiert und ihm so ein neues Leben geschenkt.
Außer den Mitbringseln fand ich noch ein wundervolles Seidentuch im Ortigia-Stil, das ich unbedingt haben musste. Allein es in Händen zu halten, fühlte sich kraftvoll an. Um meinen Hals gelegt, verlieh es mir etwas … Magisches? Mutiges? Weibliches? Ich fand kein Wort für dieses großartige Gefühl.

»Es steht Ihnen fantastisch. Es hat auf Sie gewartet!« bestätigte mir die Angestellte, und ich spürte, dass sie es ehrlich meinte und mir nicht nur etwas verkaufen wollte. Ich nahm es. Das Tuch konnte ich gut mit auf die Reise nehmen und in ein paar Tagen in einem wichtigen Meeting tragen. Das wird mein neues Powertuch, dachte ich. Ich wusste, dass es Stoffe und Farben gab, die die eigene Energie stärker betonten und spürbar anhoben. Auch für die Vernissage später war es perfekt.

Voller Freude und Stolz ließ ich das Tuch gleich an. Alle anderen Produkte würden mir schon nächste Woche nach Hause geliefert werden. Wie schön. Ich bezahlte und verließ den Laden mit allen guten Wünschen der Inhaberin.

Bis zur Vernissage war es noch Zeit. Sie begann erst um 20 Uhr. Ich beschloss, mich im B&B auf den Balkon zu setzen, die Aussicht auf den Himmel und das viele Grün zu genießen und mich frisch zu machen. Fabri und Sabri waren nicht da, als ich ins Haus kam. Doch in der Küche stand eine Karaffe mit frischem Wasser, Zitronenscheiben und Minzblättern. Ich goss mir ein großes Glas ein und nahm es mit nach draußen.

Umrahmt von leisem Vogelzwitschern im Innenhof und dem sanften Rauschen der Blätter ließ ich die schönen Begegnungen der letzten Stunden vor meinem inneren Auge Revue passieren.

Gespannt und auch ein wenig aufgeregt, weil ich niemanden kannte, betrat ich um kurz vor 20 Uhr das Restaurant, das als Schauplatz für die erwartete Ausstellung diente. Das Lokal hatte sich auf vegane Speisen spezialisiert. Der Innenbereich erstrahlte in modernen Grün- und Lavendeltönen. Sehr ansprechend sah das aus.

Zwei junge Musiker:innen sangen und spielten am Klavier. Die Atmosphäre war wundervoll. Einige der Gäste nickten mir freundlich zu, als ich an ihnen vorbeiging, und ich fühlte mich sofort willkommen. Kein Vergleich zu Veranstaltungen, auf denen ich manchmal allein mit einem Glas in der Hand in einer Ecke gestanden und mich unwohl gefühlt oder gelangweilt hatte. Ein junger Mann mit kurzen schwarzen Locken, Jeans und weißem T-Shirt kam auf mich zu.

»Sie müssen Anna sein. Manuela hat mir Bescheid gegeben, dass Sie kommen. Schön! Ich bin Davide!«

Wir schüttelten uns die Hand und Davide stellte mich ein paar Freunden am Nebentisch vor.

In Windeseile hatte ich das Gefühl, dazuzugehören und keine Fremde mehr zu sein. Bei einem Glas Prosecco erfuhr ich viel über Davide und seine Arbeiten, die hinter kunstvoll bemalten Glasscheiben an den Wänden hingen. Seine Spezialität war die Verbindung von Schwarz-Weiß-Fotografie mit moderner Malerei.

Serena begrüßte mich ebenfalls herzlich, als sie mich sah, und stellte mich weiteren Menschen vor. Wie einfach Netzwerken sein konnte.

Wenn Andreas mich so sehen könnte, dachte ich. Er würde mich kaum wiedererkennen. Der Gedanke machte mir Spaß.

Nach einigen schönen Gesprächen wollte ich mir unbedingt Davides Kunstwerke näher ansehen. Manche Bilder wirkten hell und freundlich. Andere hatten etwas Geheimnisvolles und Verborgenes, das sich mir nicht gleich auf den ersten Blick erschloss. Jedes in sich war einzigartig und die Handschrift des Künstlers deutlich erkennbar.

»Das verstehe ich nicht«, hörte ich eine laute, männliche Stimme plötzlich neben mir sagen. Der Mann, zu dem sie gehörte, trug einen schimmernden dunkelblauen Anzug und ein weißes Hemd.

Davide kam zu uns herüber, ihm war die Bemerkung offensichtlich nicht entgangen. Ich war gespannt: Wie würde er als Erschaffer des Werkes reagieren? Ich selbst konnte mir nicht vorstellen, dass es so einfach war, künstlerische Ergebnisse vor so vielen Menschen offen zu zeigen. Schließlich hatte jeder einen eigenen Geschmack.

Davide jedoch schien die Bemerkung überhaupt nichts auszumachen. Er meinte nur: »Dann habe ich es wohl nicht geschafft, Sie mit der Botschaft des Bildes anzusprechen. Nicht schlimm. Schauen Sie sich in Ruhe um und genießen Sie die anderen«, meinte er einladend und fröhlich. Er ging wieder zu seiner Gruppe zurück.

Und der fremde Betrachter seines Werkes schien zufrieden mit der Antwort und lief ebenfalls weiter. Ich war fasziniert.

Keine Verletztheit, kein Groll, keine Selbstverteidigung … die ja sowieso nichts brachten und die schöne Stimmung des Abends nur gestört hätten. Ein einfaches: »Genießen Sie die anderen!« Diese Worte ließen dem Gast seine Würde und Betrachtungsweise – dem Künstler aber auch. Davide hatte meine volle Bewunderung in diesem Moment.

Im Hintergrund wurde das Buffett hereingetragen. Es sah fantastisch aus, was sich die Küche ausgedacht hatte! So vielfältig und bunt hatte ich veganes Essen noch nie gesehen.

Einen Moment lang blieb ich noch vor der Fotografie eines Leuchtturms stehen. Diese war als Einzige nicht bemalt und nicht hinter Glas gerahmt.

Der Leuchtturm war offen auf Leinwand gedruckt und wirkte ganz für sich. Leuchttürme übten auf mich schon immer eine große Faszination aus. Sie waren wichtige Säulen und Wegweiser, die in den Himmel ragten, unerschütterlich Wind und Wetter trotzten und so den Seefahrern eine sichere Orientierung gaben. Leuchttürme retteten Leben, dachte ich.

»Das ist auf der Isola delle Correnti entstanden. Kennen Sie sie«, fragte mich Davide, der leise neben mich getreten war. Ich schüttelte den Kopf und erzählte ihm, dass ich erst seit wenigen Tagen hier war und morgen schon wieder abreiste.
»Wenn Sie es einrichten können, fahren Sie noch dorthin«, meinte Davide. Er hatte es nicht mit Nachdruck gesagt, doch etwas in seinen Worten ließ mich aufhorchen.
»Das Besondere an der Isola delle Correnti ist, dass ganz in der Nähe zwei Meere zusammentreffen: das Mittelmeer und das ionische Meer«, erklärte er.
»Innerhalb weniger Minuten kann man dort in zwei verschiedenen Meeren baden, mit ganz unterschiedlichen Strömungen und einer anderen Energie! Mit dem Auto ist es nicht weit, etwa eine Stunde von hier«, ergänzte er noch.
Eine junge Frau unterbrach uns freundlich und teilte Davide mit, dass eine Journalistin eingetroffen sei und ihn interviewen wollte. Davide entschuldigte sich und nahm mich zu meiner Überraschung spontan zum Abschied in den Arm. Ich genoss die freundschaftliche, warme Berührung.
Während ich gemeinsam mit ein paar anderen Gästen die köstlichen Häppchen probierte, sah ich im Augenwinkel immer wieder zu dem Leuchtturm hin. Es war, als würde er mir zurufen: »Besuch mich noch, bevor du fährst!« Später, als ich nach der Ver-

abschiedung von Serena und den anderen Gästen wieder im B&B war, bemerkte Andreas meine Freude.

»Du strahlst ja wie ein Leuchtturm!« rief er und kurz überlegte ich, ob seine Worte Zufall waren. »Und, was hast du heute alles erlebt? Bestimmt viel spannendere Dinge als ich«, fügte er mit einem Lachen hinzu. Und ich berichtete ihm: von Antonio, der ein echter Kavalier gewesen war, sich so viel Zeit für mich genommen hatte und mir so viele interessante Plätze gezeigt hatte. Als ich zum Ende kam und erwähnte, dass wir noch zusammen essen gegangen waren, war es kurz still . War er etwa eifersüchtig?

»Antonio ist zehn Jahre jünger als ich, mindestens«, rief ich sicherheitshalber gleich.

»Und ja, er sieht gut aus und ich habe dir das mit seinem Aftershave erzählt, aber nur, weil ich denke, der Duft würde dir auch gut stehen! Außerdem war Antonio einfach zuvorkommend und das hat mir gefallen. Wer hält mir zu Hause schon die Tür auf?« sprudelte es aus mir heraus.

Und ich merkte erst, als ich die letzten Worte ausgesprochen hatte, wie frustriert das klang. Mist, wieso war es überhaupt zu diesem Thema gekommen? Ich hatte es doch in Ruhe ansprechen wollen. Fast erwartete ich, dass sich eine Diskussion anbahnen würde, dass Andreas in unserem Zusammensein sehr viel für mich tat. Wie oft hatte er schon ein leckeres Abendessen gekocht, wenn ich spät aus dem Büro kam. Zu meiner Verwunderung blickte er mich liebevoll an und lächelte.

»Nun, wenn dir das gefällt und so wichtig ist, dann werde ich dir in Zukunft gerne öfters die Tür aufhalten. Du hast völlig recht. Man vergisst im Alltag viel zu sehr diese kleinen, wichtigen Gesten.« Ich strahlte wieder. Und nickte. »Ja, das würde mir tatsächlich gefallen. Es hilft mir, mich weiblich zu fühlen, weißt du. Ich muss oft so viele Entscheidungen treffen, Projekte planen und verbringe große Teile meines Tages in meinem Verstand«, sagte ich, und mir wurde erst jetzt bewusst, dass das stimmte.

»Außerdem trage ich im Büro meistens Hosen und Jacketts … Ich finde, ich sollte mir wieder mehr Röcke und Kleider besorgen. Vielleicht nicht gerade jetzt, wo der Winter bevorsteht, aber im nächsten Frühling«, fügte ich hinzu und wir beide mussten lachen.

»Ich habe heute gemerkt, wie sehr diese Dinge das Leben schöner machen. Einfach lebenswerter!«, fügte ich hinzu.

Andreas schien die Leidenschaft, mit der ich das alles sagte, sehr zu gefallen. »Ich bin froh, dass du dies heute so erlebt hast«, sagte Andreas, »und ich bin auch froh, dass wir darüber gesprochen haben.«

An der Liebe in seinen Augen konnte ich sehen, dass

er es genauso meinte.
Auch meine anderen Erlebnisse des Tages hörte er sich aufmerksam an. Wirklich zuhören zu können, ohne auf die nächste Möglichkeit zu warten, selbst zu Wort zu kommen, schätzte ich sehr an ihm. Als ich geendet hatte, nickte er.
»Was du erzählst, erinnert mich an meine Reisen«, meinte er. »Ich finde, jeder Mensch sollte von Zeit zu Zeit allein unterwegs sein, um genau diese Art von Erfahrungen zu sammeln. Es muss ja nicht für lange sein. Ein paar Tage reichen oft schon.
Doch ich glaube inzwischen fest daran, dass das Leben nur darauf wartet, uns mit solchen Momenten zu beschenken. Wir sollten ihm die Chance dazu geben.«
»Das hast du schön gesagt«, meinte ich. Und nach dieser Erfahrung hier auf Sizilien empfand ich das auch. Mir fiel ein: Wie viele Unsicherheiten, Zweifel und auch Ängste hatte ich vor dieser Reise gehabt. Und hatte sich auch nur eine meiner Vorstellungen bewahrheitet? Im Gegenteil! Ich war mir heute sicher, dass ich die vielen wundervollen Begegnungen und Gespräche nur erlebt hatte, weil ich allein unterwegs gewesen war.
Und weil du dich dafür geöffnet hast, pflichtete mir meine innere Stimme bei.
Ja, das stimmte wohl. Ich sah Andreas an.
»Ich liebe dich, Schatz.« Er schmunzelte, wohl in

Erinnerung an das Aftershave von Antonio.
»Da bin ich aber froh!«, sagte er, »und ich liebe DICH.«

WAS SAGT DIR DEINE INNERE STIMME?

7

KAPITEL

DEM LICHT FOLGEN

Das Leben sendet uns Zeichen, die uns den Weg zum Glück zeigen.

———— Auch der Abschied von Sabri und Fabri gestaltete sich sehr herzlich. Beide winkten mir lange freudig nach, als ich die kleine Gasse mit meinem Wagen verließ.

Ein letztes Mal spielte der Meereswind mit meinem Haar, als ich über die schmale Verbindungsstraße nach Siracusa fuhr und von dort weiter in Richtung der Isola delle Correnti. Ich wollte es wissen! Ich wollte diesen Leuchtturm in natura sehen. Der Ort lag zwar in der entgegengesetzten Richtung vom Flughafen, doch meine Maschine startete erst am Nachmittag. Ich hatte also genügend Zeit. Noch vor dieser Reise wäre das für mich undenkbar gewesen. Ich hätte mir Gedanken darüber gemacht, ob es nicht besser sei, in der Nähe des Flughafens zu bleiben. Was, wenn …?

Die Isola delle Correnti war der südlichste Punkt Siziliens, hatte ich am Abend zuvor recherchiert. Sie diente den Zugvögeln auf ihrer Reise von und nach Afrika als Rastplatz. Durch Kommentare in einem Reiseforum war ich bereits »vorgewarnt«, dass mich kein besonders imposanter Anblick erwarten würde. Der alte Leuchtturm sah angeblich nur aus wie ein vergrößerter Schornstein. Das war mir egal. Etwas dort zog mich magisch an. Außerdem bildete ich mir lieber selbst ein Urteil. Ich parkte das Auto und lief zum noch leeren Strand hinunter. Und da war er: viel kleiner, als Leuchttürme in der Regel waren, und auch wirklich ziemlich baufällig. Verletzlich war vielleicht das bessere Wort, und dieser Gedanke berührte mich. Er war auch nicht einfach zu Fuß zu erreichen. Die Linie der schwarzen Wellenbrecher-Steine, die früher offensichtlich zum Leuchtturm und den paar umliegenden einfachen Häusern geführt hatte, war unterbrochen. Heute konnte man die Isola nur noch mit dem Boot erreichen. So war das auch, wenn Menschen unnahbar waren, dachte ich auf einmal. Wenn es keine Brücke zu ihnen gab, war es auch schwer, sie zu erreichen. War ich etwa unnahbar gewesen vor dieser Reise?, fragte ich mich. Denn warum sonst kam mir plötzlich dieser Gedanke? Ich hielt mich eigentlich für eine kommunikative Person.

Nun, ich würde sagen, du hast dich in letzter Zeit selbst nicht immer erreicht, sagte meine innere Stimme sanft. Und wieder war mir, als stünde sie direkt neben mir. Doch ich war die Einzige am Strand. Die Verbindung zu sich selbst herzustellen und sie zu halten, ist oft das Schwierigste, fügte meine Stimme hinzu. Viele Menschen gehen dann schnell ins Außen, suchen Ablenkung in Aktivitäten, Nahrungsmitteln, Alkohol oder übertriebenem Sport, um es nur ja nicht zu fühlen, fügte sie hinzu.

Ja, das konnte ich mir vorstellen. Doch ich fühlte, dass es bei mir eher eine Sache der Unsicherheit war. Ich persönlich hatte oft das Gefühl, nicht zu genügen und an-

deren nicht das Wasser reichen zu können. Woher kam das bloß? Ich nahm mir vor, mir das wieder zu Hause in Ruhe zu betrachten. Denn auch ohne dass meine innere Stimme es gesagt hatte, fühlte ich, dass es an der Zeit war, dies hinter mir zu lassen. Ich wollte auch so frei und selbstbewusst sein können wie die Menschen, die ich in den vergangenen Tagen getroffen hatte. Es kam doch gar nicht auf ein gewisses Studium oder eine Karrierestufe an, um jemand zu sein! Mit diesen Gedanken betrachtete ich das winzige Fenster des Leuchtturms und stellte mir vor, wie sein Licht früher einmal aufs Meer hinaus gestrahlt hatte. Über die Meere korrigierte ich mich selbst. Denn nur wenige Kilometer weiter nordöstlich begann das ionische Meer. Ich war dem Scheidepunkt ganz nah. Ob die Wassertropfen wussten, zu welchem Meer sie gehörten, schoss es mir da durch den Kopf. Und wenn sie es wussten, gab es welche, die gern mal ins andere Meer rüberschwappen würden – schauen, wie es dort ist? Das Gedankenspiel belustigte mich. Gleichzeitig meinte ich es ernst: Wollten wir nicht alle manchmal wissen, wie es sich in einem anderen Umfeld oder einem ganz anderen Leben anfühlte?
Du hast es in der Hand, Anna. Du und jeder Mensch auf dieser Welt, sagte meine innere Stimme. Und fuhr fort: Die Grundlage ist immer eine Entscheidung: Bleibe ich oder gehe ich? Verharre ich oder bewege ich mich? Bewegung verläuft nicht immer in großen Schritten. Je nachdem, wo wir stehen, sind große Veränderungen

nicht immer möglich. Oder nicht sofort. Doch kleine Schritte – oder auch gedankliche Schritte, die die Basis von allem sind – sind jedem möglich. Die Vorstellung macht den Anfang!

Meine Stimme verstummte, als wollte sie es mir ermöglichen, dies erst einmal sacken zu lassen. Denn es war eine ganze Menge. Ja, du hast recht, dachte ich. Das ganze Leben ist ein Meer voller Entscheidungen: Welche Welle, welche Strömung nehme ich heute? Wohin lasse ich mich tragen? Wogegen schwimme ich mit aller Macht an? Welches Leben lebe ich?

Mit diesen Gedanken bist du auf dem richtigen Weg, lobte mich meine innere Stimme. Weiter so!

Nun ja, das ist allerdings nicht so einfach, wie es auf den ersten Blick klingt, begehrte ich auf. Als junger Mensch zum Beispiel begreifen wir die Tragweite vieler Entscheidungen gar nicht. Gut erkannt!, rief sie erfreut zurück, als würde ihr dieser Austausch einen Riesenspaß machen. Und weißt du was? Das ist auch überhaupt nicht schlimm. Es geht schließlich nicht darum, das perfekte Bilderbuch-Leben zu führen. Niemand verlangt das von dir. Es geht vielmehr darum, eine Fülle an Erfahrungen zu machen und daran zu wachsen. Und dabei zu erleben, dass wir immer wieder neu entscheiden dürfen.

Jede Entscheidung öffnet eine neue Tür, bringt eine neue Welle zum Schwingen. Verstehst du, was ich meine, fragte sie mich abschließend. Ich nickte. Und plötzlich tauchte zu meiner Rechten eine zweite Anna auf, wie eine weitere Ausgabe meiner selbst. Eine Anna, erkannte ich, wie sie vor ihrer Reise nach Sizilien gewesen war: Anna, der es wichtig war, was andere über sie dachten. Anna, die bloß keinen Fehler machen wollte. Anna, die nur schwer mal fünfe gerade sein lassen konnte, weil ihr Beruf immer höchste Korrektheit und Nachvollziehbarkeit von ihr verlangte. Dabei war das Leben nicht immer korrekt und schon gar nicht nachvollziehbar, dachte ich und fühlte, wie ich innerlich vibrierte. Was war denn bloß auf einmal mit mir los? Hatte ich den Kaffee am Morgen nicht vertragen? Warum war ich plötzlich so aufgewühlt – und sah mich doppelt? Du siehst nicht doppelt, ganz ruhig, sagte meine innere Stimme sanft. Atme. Atme!

Ich gehorchte und atmete mehrmals tief ein und aus. Da tauchte zu meiner Linken noch eine Anna auf. Wieder sah sie mir täuschend ähnlich. Doch dies war eine Anna mit offenem, wehendem Haar, die den Kopf in den Nacken warf und lachte. Eine Anna, die sich nicht darum scherte, ob dieses Lachen zu laut oder womöglich unpassend war. Eine Anna, die ihr magisches Power-Halstuch trug! Und vor allem eine Anna, die glücklich und gelöst wirkte. Die Pläne hatte. Die vor Energie und Ideen sprudelte, so wie Manuela. Eine Anna, die mutig war und der nichts und niemand etwas anhaben konnte wie Angela. Eine Anna, die ihren Platz gefunden hatte wie Antonio. Eine Anna, die genug Ideen hatte, um ihre Herzenswünsche zu erfüllen, auch gegen vermeintliche

Widerstände, so wie Sabri und Fabri. Und auch eine Anna, die naturverbunden war und anderen Menschen gern Freude machte, wie Teresa, Sofia und alle, die auf dem Agriturismo arbeiteten. Ja, und darüber hinaus eine Anna, die sinnlich sein konnte und ihre Sinne so weit öffnen wollte wie Stefano. Anna, die erfinderisch und groß denkend sein konnte wie die Gründerin der Seifenmarke und künstlerisch wie Davide! Meine Gedanken überschlugen sich förmlich. Auf einmal sah ich alle, denen ich seit meiner Ankunft hier in Sizilien begegnet war, vor mir stehen, mit mir gemeinsam, hier am Strand. Alle strahlten, als hätten sie auf diesen Moment gewartet. Mein Herz schlug so laut und schnell, dass ich Sorge hatte, es würde mir aus der Brust heraushüpfen und wie ein Krebs über den Sand eilen.

Keine Sorge, das tut es nicht, haha, kringelte sich meine innere Stimme vor Lachen. Obwohl das sicher mal urkomisch wäre!

Mit einem fröhlichen Winken und vielen guten Wünschen verschwanden all die Menschen wieder, einer nach dem anderen. Zurück am Strand blieben die Anna auf meiner linken Seite und die Anna zu meiner Rechten. Und nun? Was sollte ich tun? Wer war ICH, bitte schön? Denn mich gab es ja schließlich auch noch. Ich war verwirrt.

Du bist Anna! Alles, was es für dich braucht, trägst du in dir, auch wenn es dir im Moment vielleicht noch unmöglich erscheint..., hörte ich meine innere Stimme da

wieder sagen.
Du bist die, die du sein willst. Und du bist auch die, die entscheiden darf, welche Teile ihrer Persönlichkeit sie in Zukunft leben möchte. Und welche nicht mehr.
Puh, dachte ich. Keine einfache Entscheidung. Du musst sie auch gar nicht hier und heute treffen. Es ist eine liebevolle Einladung, es dir zu überlegen, meinte meine innere Stimme. Diese Entscheidung ist wichtig für dich – um dich in Zukunft vollständig zu fühlen.
Vollständig fühlen. Was für ein wundervolles Gefühl, dachte ich. Täuschte ich mich oder hatte der Wind gerade zugenommen? Ich sah Schaumkronen auf den Wellen, die auf die Isola zukamen. Der Himmel war immer noch blau. Es sah nicht nach Sturm oder Regen aus. Dennoch war das Meer in Bewegung, so wie auch ich gerade durch meine Gedanken und Gefühle bewegt wurde.
Du hast in den letzten Tagen eine Kostprobe davon erhalten, wie du auch leben könntest, fuhr meine Stimme fort. Wie du auch SEIN könntest. Entscheiden darfst du ganz allein. Und wenn ich dir den Rat geben darf: Geh es nicht so tierisch ernst an. Nimm es leicht und spielerisch!
Ich nickte und lächelte. Spielerisch. Das Wort gefiel mir. Schaumkronen bedeuteten ja offensichtlich auch nicht gleich ein Gewitter. Und ein schneller Tanz ließ uns ebenfalls mal atemlos werden – einfach, weil wir Spaß hatten und für eine Weile unser gewohntes Schrittmus-

ter verändert hatten. Genauso ist es, Anna, sagte meine Stimme.

»Und was mache ich mit meinem Job?«, fragte ich und war überrascht, dass ich die Frage laut ausgesprochen hatte. Woher kam sie? Was würdest du denn gerne damit machen, kam die neugierige Gegenfrage.

»Ich weiß es nicht«, antwortete ich.

»Meine Tätigkeit macht mir Spaß. Aber ich habe auch das Gefühl, dass etwas Neues ansteht. Eine neue Herausforderung, die nächste Stufe? Oder vielleicht auch einfach ein ganz neues Hobby, das mich erfüllt – als Ergänzung?«

Weißt du, Anna, sieh es doch so. Du hast unzählige Möglichkeiten. Alle Türen stehen dir offen und es gibt nichts, wovor du Angst haben müsstest, sagte meine Stimme.

Ich atmete tief auf bei ihren Worten. So hatte ich das noch nie gesehen. Keine Angst haben. Wirklich?

Vertraue, sagte meine Stimme. Vertraue dir, Anna, und vertraue dem Leben. Sieh mal, letztlich ist das Leben eine Folge unzähliger Wellen. Sie alle kommen und gehen, kommen und gehen. Ein ewiger Kreislauf, ein unendlicher Fluss. Selbst die ganz großen Wellen, die sich meterhoch auftürmen in unserem Alltag und die wirklich bedrohlich erscheinen! Auch sie werden eines Tages wieder kleiner. Jede Welle hat diesen einen Höhepunkt, zu dem sie aufsteigt, an dem sie bricht und nach dessen Überschreitung sie wieder flacher wird. Jede. Meine innere Stimme lachte leise.

Dann fuhr sie fort: Es hat noch keine Welle in der Geschichte dieses gesamten Universums gegeben, die sich aufgetürmt hat und für immer stehen geblieben ist, nicht wahr?

»Nicht, dass sich wüsste«, sagte ich und grinste bei der Vorstellung.

Na, siehst du, rief sie zufrieden. Und betrachte es doch einmal so: Du hast dich bisher nie unterkriegen lassen in deinem Leben. Du bist immer deinen Weg gegangen und du hast Menschen an deiner Seite, die dich lieben und unterstützen. Was soll dir passieren, Anna? Was? Das Leben liebt dich! Es liebt jeden Menschen auf diesem Erdball!

Einen Moment lang war sie still, und auch ich war ganz überwältigt von ihren letzten Worten. Sie hatte recht. Ich war meinen Weg gegangen. Und alles, was ich heute war und besaß, hatte ich mir selbst erarbeitet. Das war nicht immer leicht gewesen. Doch jetzt, in diesem Moment, konnte ich es sehen und spüren. Und es gab mir ein gutes Gefühl. Du hast auf dieser Reise Glück, und innere Stärke erlebt, Anna, sagte meine innere Stimme leise. Nimm es mit nach Hause! Und vergiss es nicht. Vergrabe es nicht in einer Schublade wie die Fotos oder Erinnerungsstücke, die man sonst von Reisen mitbringt. Trag es in deinem Herzen! Hole es auch von Zeit zu Zeit heraus und bring es zum Glänzen. Denn auch wenn es vielleicht etwas Staub angesetzt oder ein paar Kratzer bekommen hat: Deinen wahren Wert und dein Strahlen kann niemand je verletzen oder kleiner machen. Hast du das verstanden?

Die letzte Frage hatte sie sehr eindringlich gestellt.

Ich schloss meine Augen, nickte und ließ dieses Gefühl zu. Es fühlte sich warm und wunderschön an. Ich beschloss, dass ich dieses Gefühl für immer bewahren würde. Ich öffnete vorsichtig meine Augen, bis auf Höhe des Leuchtturms. Dahinter lag das Meer. Ich konnte sein Rauschen hören. Und auf einmal blinkte der Leuchtturm auf. Wie jetzt, das konnte doch gar nicht sein. Er war doch gar nicht mehr in Betrieb, dachte ich.

Ich sah noch einmal hin. Doch abermals blinkte er auf, so als wollte er sagen: Hier entlang, Anna, hier entlang, immer dem Weg deines Glücks! Deine verborgenen Schätze, die du nun ans Licht geholt hast, führen dich Schritt für Schritt auf die richtige Spur. Vertrau ihnen. Es ist der rote Faden deines Lebens, Anna. Und noch bevor ich darüber nachdenken konnte, was hier gerade passierte, nahm ich wahr, dass die Anna zu meiner Rechten und die Anna zu meiner Linken sich mir zuwendeten und mir signalisierten, dass sie das Gleiche empfanden. Ich nickte ihnen zu und auf einmal war mir, als seien wir gar nicht mehr voneinander getrennt, sondern eins. Eine Anna. Vollständig.

Und so standen wir eine Weile da, lächelnd, in allen Möglichkeiten des Seins, bis meine innere Stimme mich leise daran erinnerte, dass es Zeit war, nach Hause zu fahren.

WELCHE ZEICHEN SENDET DIR DAS LEBEN?

SCHLUSSWORT

Ein Geschenk, dass das Leben bereicherte.

________Geschenke können weit mehr sein als nur materielle Gegenstände. Sie sind oft die Boten von Liebe, Freundschaft und Mitgefühl. Die bedeutendsten Geschenke sind jene, die unser Herz berühren und unsere Seele nähren. Sie können die Richtung unseres Lebens verändern, indem sie uns Inspiration schenken, uns an unsere Träume und Leidenschaften erinnern oder uns auf unerwartete Abenteuer führen. Diese Geschenke sind wie Schlüssel, die neue Türen öffnen und uns die Schätze des Lebens entdecken lassen.

Um wahres Glück zu erfahren, muss man sich erlauben, die eigenen Regeln zu brechen. Diese Momente des Ungehorsams gegenüber Erwartungen eröffnen die Freiheit, Träume zu verfolgen und Leidenschaft zu entfachen.

Mutig neue Wege zu gehen und ausgetretene Pfade zu verlassen.

Ich frage mich manchmal, was passiert wäre, wenn ich den Kochkurs nicht gemacht hätte. Wenn ich nicht meinem Instinkt gefolgt wäre. Wäre mein Leben dann ganz anders verlaufen? Wäre ich heute noch die gleiche Person? Ich weiß es nicht.

Schön, wie alles seinen Lauf genommen hat. Normalerweise zähle ich mich nicht zu den spontanen Menschen, die einfach mal alles stehen lassen und Ihrem Instinkt folgen.

Doch ehrlich gesagt, die Erlebnisse, die ich erfahren habe, sagen mir, dass diese Spontanität das Leben bereichert.

Viele von uns sind unaufhörlich im Trubel des Lebens gefangen und verpassen dabei die wahren Werte. Jeder Aspekt des Daseins hat Bedeutung, und jeder Mensch ist von unschätzbarem Wert.

Es liegt an uns, wie wir jeden Augenblick gestalten, welche Rolle wir für uns selbst und andere spielen möchten, und ob wir uns irgendwann erlauben, das wahre Glück zu erleben.

**DIE REISE
ZU DIR SELBST
IST DER PFAD,
AUF DEM DU
DEINE WAHRE
STÄRKE
ENTFALTEST.**

ÜBER DIE AUTOREN

———— Loredana Meduri & Alessandro Spanu sind Botschafter der Dolce-Vita.

Sie haben es sich zur Mission gemacht, Menschen auf ihrem Weg zum Glück zu führen, indem sie Leichtigkeit und Freude ins Leben bringen und in allem, was sie tun.
Als systemische Coaches und Dolce-Vita-Experten nutzen sie die inspirierende Lebensart Italiens, um in Workshops, Seminaren und persönlichem Coaching den Funken der Lebensfreude zu entfachen.

Sie haben ihr fundiertes Wissen und ihre Erfahrungen in Büchern festgehalten, um ihre Botschaft der Freude und des bewussten Genusses zu verbreiten. Loredana und Alessandro widmen sich der Aufgabe, Menschen zu stärken, zu ermutigen und zu einem gelasseneren Leben zu inspirieren.

COACHING, DAS DAS LEBEN BEREICHERT

———— Hast du schon einmal darüber nachgedacht, wie es wäre, deine Lebensqualität zu steigern und das Beste aus jedem Tag herauszuholen? Manchmal kann es hilfreich sein, sich Zeit für persönliches Wachstum zu nehmen.

Ein Coaching kann eine wertvolle Möglichkeit sein, um Klarheit zu gewinnen, Ziele zu setzen und deinen Weg zu bereichern. Egal, ob du nach beruflichem Erfolg oder persönlicher Erfüllung suchst, gemeinsam können wir Wege finden, um positive Veränderungen in deinem Leben herbeizuführen.

Wenn du neugierig darauf bist, wie Coaching dein Leben positiv beeinflussen kann, lade wir dich herzlich dazu ein, diese Möglichkeit zu erkunden. Gemeinsam können wir daran arbeiten, dass dein Leben nicht nur existiert, sondern in jedem Moment aufblüht.

BÜCHER, DIE INSPIRIEREN

DER FISCHER, DER SICH NICHT AUFS MEER TRAUTE

Eine Reise an die Südküste Italiens eröffnet Andreas eine neue Welt. Eigentlich wollte er nur ein paar Tage abschalten, um Abstand vom Arbeitsalltag zu gewinnen.

Doch die Begegnung mit dem Fischer Claudio soll die wichtigste Begegnung in seinem Leben werden.

Die Fragen, mit denen er konfrontiert wird, bringen Andreas aus der Fassung und legen gleichzeitig die Weichen für ein neues Leben.

DIE-DOLCE-VITA-STRATEGIE

Wem es gelingt, ein positives Arbeitsumfeld zu schaffen, das Engagement und die Motivation der Mitarbeiter zu steigern um deren volles Potenzial zu entfalten, wird auch in Zukunft erfolgreich sein.

Genau hier setzt die Dolce-Vita-Strategie an und verbindet die Erkenntnisse der Positiven Psychologie mit dem italienischen Lebensgefühl und vermittelt Ihnen auf außergewöhnliche Art, dass Sie es selbst in der Hand haben, Ihre Zukunft positiv zu gestalten.

Printed in Poland
by Amazon Fulfillment
Poland Sp. z o.o., Wrocław
16 March 2024

3c528a26-f44b-4ae6-89a2-d2fd4cd4521aR01